米沃什诗歌
1981-2001

但是还有书籍

❖❖❖

【波兰】切斯瓦夫·米沃什 著
杨德友 赵刚 译

上海译文出版社

目 录

前言 / I

故土追忆(一九八六) / 1

    人间乐园 / 3

        一 夏天 / 3

        二 圆球 / 4

        三 天堂 / 5

        四 人间 / 7

        五 人间续集 / 8

    逐出乐园之后 / 9

    紧身胸衣的诱惑——扣钩 / 10

    安娜莱娜 / 17

    黄色自行车 / 19

    进入树里 / 20

    又一天 / 22

    冬季 / 24

    男孩 / 26

    萨勒姆市 / 27

    一九一三年 / 29

    黎明 / 31

    中午 / 32

一八八〇年返回克拉科夫 /33

　　城市 /35

　　准备 /36

　　在不十分的真实之中 /37

　　意识 /38

　　祷告 /44

　　乔姆斯基神父，多年之后 /45

　　悟出 /51

　　给伊格莱柯·载特的挽歌 /52

　　安卡 /54

　　神正论 /55

　　餐桌 之一 /56

　　餐桌 之二 /57

　　我的 /58

　　感激 /59

　　七十岁的诗人 /60

　　以一句话为家 /62

纪事（一九八五至一九八七） /63

　　有一只猫的肖像 /65

　　抹大拉的马利亚和我 /66

　　骷髅 /67

　　陶罐 /68

　　万圣节前夜 /69

　　这一个 /70

　　忏悔 /71

　　给扬·莱本斯坦因 /72

和她同在 / 73

老妇人 / 75

天堂应该怎样 / 77

希腊咖啡馆 / 78

但是还有书籍 / 80

和妻子雅妮娜诀别 / 81

神 / 83

美丽的年代(一九一三) / 85

 西伯利亚大铁路 / 85

 乌拉尔山以东 / 88

 首演 / 91

 北方航线 / 92

 蝾螈 / 94

 清晰的头脑 / 95

 巴黎场景 / 97

 泰坦尼克号 / 98

惊恐之梦(一九一八) / 103

黄昏中的无篷马车(一九三〇) / 105

一九四五年 / 108

诗体讲座六次 / 110

 讲座一 / 110

 讲座二 / 112

 讲座三 / 114

 讲座四 / 116

 讲座五 / 118

 讲座六 / 120

彼岸（一九九一） / 123

  铁匠作坊 / 125

  亚当和夏娃 / 126

  傍晚 / 127

  创世 / 128

  林奈 / 131

  音乐 / 134

  化身 / 135

  阿努塞维奇先生 / 136

  语文学 / 138

  然而 / 140

  在耶鲁大学 / 141

   一　谈话 / 141

   二　德·巴尔扎克先生 / 144

   三　特纳 / 145

   四　康斯泰伯 / 146

   五　柯罗 / 147

  拜内克图书馆 / 148

  蓟菜、荨麻 / 149

  和解 / 150

  长住之地 / 151

  彼岸 / 152

  阅读安娜·卡敏斯卡的笔记本 / 158

青年时代 /159

共有 /161

照片 /162

持久的影子 /166

二者必居其一 /167

两首诗 /170

    和让娜的谈话 /171

    诗论世纪末 /173

蜘蛛 /176

很久以前很遥远 /178

继承者 /184

摘杏 /185

沉思 /186

沙滩 /188

故地重游 /191

无题 /194

晚安 /195

十二月一日 /196

但丁 /197

意义 /199

卡佳 /200

哲学家之家 /202

面对大河（一九九五） /207

  在某个年龄 /209

  朗诵 /210

  为什么 /213

  卡普里岛 /215

  报告 /220

  立陶宛，五十二年后 /223

   女神 /223

   庄园 /225

   某个地方 /227

   这我喜欢 /228

   谁？ /229

  青春之城 /230

  草地 /231

  在加勒比海岛屿上翻译安娜·希维尔什琴斯卡 /232

  致良心 /234

  博物馆的墙壁 /237

  一个艺术家的生平 /238

  人间乐园：地狱 /239

  现实主义 /240

  还有一个矛盾 /242

  哎呼！ /243

  皮尔逊学院 /244

  萨拉热窝 /246

  致艾伦·金斯伯格 /248

蜘蛛人 / 252

过去 / 253

波点连衣裙 / 256

柏拉图对话集 / 258

为尤斯蒂娜宽衣 / 260

退休的老人 / 268

万达 / 270

为维护猫的荣誉致信教授女士及其他 / 275

 折磨（莱舍克·考瓦科夫斯基） / 277

 戏耍约伯？（杨·安杰伊·克沃彻夫斯基OP） / 284

呼格 / 288

这个世界 / 289

其他地方的一些事 / 290

圣殿 / 293

摆脱痛苦之后 / 294

身体 / 296

在谢泰伊涅 / 298

八十以后 / 303

路边的小狗（一九九八） / 305

路边的小狗 / 307

不是我的 / 308

我也曾喜欢 / 309

创造日 / 310

近前 / 311

他们奔跑 /312

不可能 /313

鹈鹕 /314

石球 /315

水壶 /316

另一个笔记本——寻回的纸页 /317

  美国 /317

  从我的牙医诊所的窗口望去 /321

名称 /322

梦 /323

布里 /324

审慎 /325

短路 /327

海兰卡 /328

海兰卡的宗教 /330

幸村 /331

树 /333

克里斯 /334

河流 /336

这(二〇〇〇) /337

  I /339

  这 /341

  致榛树 /343

  后记 /344

  我不明白 /345

  我的爷爷齐格蒙特·库纳特 /347

湖 /350

旅途归来 /351

头颅 /352

忘了吧 /353

在城里 /354

Ⅱ /355

如实自述，在机场就着一杯威士忌，或者是在明尼阿波利斯 /357

写在我八十八岁生日之际 /359

奔跑 /360

在溪边 /361

噢！ /362

噢！（古斯塔夫·克里姆特） /363

噢！（萨尔瓦多·罗萨） /364

噢！（爱德华·霍普） /365

无论身在何方 /366

窥淫狂 /367

所谓生活 /369

规则 /370

在黑色的绝望中 /371

榜样 /372

从梦中醒来 /373

沉没的人们 /374

极北蝰 /375

得克萨斯 /376

杂技演员 /377

你们,被征服的人 / 379

标本 / 380

一九〇〇年 / 381

显而易见 / 382

自己的秘密 / 383

如果 / 384

Ⅲ / 385

被回避的区域 / 387

带着伤害 / 388

为雅罗斯瓦夫·伊瓦什凯维奇
诗歌之夜选诗 / 389

保罗二世八十寿辰颂 / 391

我从珍妮·海尔施那里学到了什么? / 393

对立 / 395

兹杰霍夫斯基 / 396

反对菲利普·拉金的诗歌 / 400

致诗人之死 / 401

关于人的不平等 / 402

亚历山大·瓦特的领带 / 403

致诗人罗伯特·洛维尔 / 405

德加的蜡笔画 / 407

西西里又或米兰达之岛 / 408

关于诗歌,源于赫贝特病故的电话 / 410

恶由何来 / 412

鲁热维奇 / 414

Ⅳ　/ 415

园丁　/ 417

一和多　/ 419

酒鬼进入天堂之门　/ 420

仪式　/ 422

人们　/ 425

在教区教堂　/ 428

祈祷　/ 430

恶魔　/ 432

之后　/ 435

放射的光亮　/ 436

晚收　/ 437

前言

一位九十岁的诗人当有自知之明，别去给自己几十年间的成诗写前言。但出版商一再恳求，我抗拒过却又不够执拗，所以还是回过头来，就我的诗写几句吧。

我看到有一种内在的逻辑将我的诗联系起来，从二十岁时写的早期作品一直到本书收录的最新诗集《这》，该集最初的波兰语版于二〇〇〇年问世。然而，这种逻辑与推理逻辑不同。我坚信诗人是被动的，每一首诗都是他的守护神赐予的礼物，或者按你们喜欢的说法，是他的缪斯馈赠的。他应该谦卑恭谨，不要把馈赠当作自己的成就。同时，他的头脑和意志又必须警醒敏锐。我经历了二十世纪恐怖的一幕又一幕——那是现实，而且我无法逃避到某些法国象征主义者所追求的"纯诗"的境界中去。虽然有些诗歌仍保有一定价值，比如我在一九四三年四月的华沙、在犹太人居住区熊熊燃烧时写的《菲奥里广场》,但我们对暴虐的愤慨少有得当的艺术性文字来表现。

正是那种尽全力捕捉可触知的真相,在我看来,才是诗歌的意义所在。主观的艺术和客观的艺术二者若必择其一,我选择客观的艺术,即便它的意义并非由理论阐释,而是通过个人努力来领会的。我希望自己做到了言行一致。

二十世纪的历史促使许多诗人构思意象,来传达他们的精神反抗。既要认清事实举足轻重,又要拒绝诱惑、不甘只做一个报告员,这是诗人面临的最棘手的难题之一。诗人要巧妙地择取一种手段并凝练素材,与现实保持距离、不带幻想地思考这个世界的种种。换言之,诗歌一直以来都是我参与时代的一种方式,我同时代人身处的为人所控的现世。

切斯瓦夫·米沃什

故土追忆*

一九八六

* 《故土追忆》至《彼岸》由杨德友翻译。

人间乐园

一 夏天

在七月的阳光中她们带引我参观普拉多博物馆,
直接来到展出《人间乐园》的展厅,
是为我准备的。为的是我跑到它的水上
在那里畅游,从中认识自己的究竟。

二十世纪正在走向自己的终点,
我像琥珀里的苍蝇被关闭在里面。
我老了,但是鼻孔还渴望新的芬芳。
通过我的五官我感受到了大地里
有人引导着我、我们的情人和姐妹。

她们迈步何等轻盈!长腿着长裤,不是拖曳的长裙,
脚上是凉鞋,而不是半长靴,
秀发也没有用玳瑁发卡扎拢。

还是她们,在月神指导下更新,
在合唱队里,歌颂贵妇维纳斯。

她们的手触摸我的手,优雅走过
就像在清晨、在世界开创的时刻。

二　圆球

在一个透明圆球的中心,
上面是天父上帝,不高大,胡子修剪整齐,
安坐着手拿一本书,有乌云包围。
他朗读咒文,万物即刻造出。
大地刚一出现,立即长出草木。
绿色的山丘提供给了我们,
敞开的雾团投下的光线也赠给我们。
谁的手拿着这个圆球?肯定是圣子。
整个人间都在其中,天堂和地狱在内。

三 天堂

在我的天宫巨蟹之下,粉红色的喷泉
喷发出四股水流,四条大河的源泉,
但是我对它并不信赖。我体验到,
这不是好运的宫位,我们都厌烦
螃蟹活动的钳子,和海底
石灰质的坟墓。难道这竟是
生命的源泉?有锯齿的,锐利如刀,
发出纯清颜色的诱惑。下面设置的是
涂敷黏胶的玻璃陷阱,在鸟雀立足的地方。
一头白色大象,一只白色长颈鹿,白色犀牛,
池塘中黑色的动物;一只狮子撕食一只小鹿。
一只猫嘴里叼着一只老鼠。一只三头的蝾螈,
一只三头的朱鹭,它们的意义不明。
或者两条腿的狗,大概是凶兆。
亚当坐着十分惊奇。他的双脚
触及基督的一只脚;基督带来夏娃
左手拉着她的手,举起右手
两个指头,像教导者。夏娃低眉垂目。
她是谁,《诗篇》里那受到爱戴的女人
是谁?这是智慧索菲娅,
诱惑者,母亲和会众?
他创造了她,她生育了他?

在岁月和世纪开始之前
他从何处得到人的形体?
人形的,在开始之前已经存在?
他建造了天堂,但是不完美,
为了让她摘下苹果,她,神秘的她,
亚当看着她,不能理解。

我是他们二人,二者。我吃了
知识树上的果子。被天使长利剑驱逐。
夜间我感觉出她的脉搏。她是平凡的造物。
此后我们一直把真正的地方寻求。

四 人间

乘鸟雀飞行,感受座下羽毛柔软,
这是金翅雀、金黄鹂、王鱼,
或者用马刺催赶雄狮、独角兽、花豹,
它们的毛皮拂动着我们的裸体,
我们在流动的生命水域环行,
水域是明镜,从中涌出一男一女的头部,
或者是海妖的一条臂膀,或者其圆润的胸部。
这里每天都是采集浆果的日子。
我们俩狂吃比人还大的草莓,
吸吮浆汁,如同甘美的佳酿,
赞美殷红色和朱红色
就像圣诞树上挂满的玩具。
这些果园里我们人很多,成群结队,
彼此酷似,我们大胆相爱
甜蜜,没有尺度,像捉迷藏。
我们都深藏在花卉冠冕当中
或者藏在透明、荧光的泡泡里面。
同时天空充满多重的月色标记,
准备行星炼金术士意味的婚礼。

五　人间续集

这个人间的万物都不可理解，
水有诱惑力。水果有诱惑力。
不用说女娃的两个乳房和长头发的美丽。
玫瑰红色、朱红色、水池的颜色——
只有维尔诺城下绿湖才有的颜色。
不可胜数的繁多造物云集，聚会，
在树皮的隙缝里，在望远镜目镜里，
为了赤裸的婚礼，
为了眼睛的闪动，甜美的舞蹈
在空气、海洋、大地、地下洞穴等等元素，
为了在短暂的时间里没有死亡
时间不像投入深渊的线团
展开飘散。

逐出乐园之后

不用再跑了。一片寂静。雨下得多么柔软
落在这个城市的屋顶。一切都是
完美。现在,对于你们二人
正在阁楼窗下皇家卧榻上苏醒。
对于男人和女人。或者对于一棵
分成彼此怀想的雄性和雌性的植物。
是的,这是我的礼物。在灰烬上方。
在苦涩的、苦涩的大地。在呼吁和
誓言之地下回声的上方。愿你们
在黎明时候注意:头部互相靠近,
梳子拿在手里,两张脸在镜中
只有一次,保持到永远。不一定记入记忆。
愿你们注视现存的一切,虽然它在消退,
每个时刻都为每种存在充满感激。
这个小花园,大理石浅绿色小胸像
在珍珠光辉当中,迎着夏日的细雨,
在你们推开屋门的时候,依然留在那里。
还有油漆脱落的大门排列的一条街,
你们这样的爱情突然把它改变。

紧身胸衣的诱惑——扣钩

在一个大城市里,在大街上,清晨。百叶窗和大帐篷打开,洒过水的人行道石块,脚步的回声,有斑点的树皮。我的二十世纪正在开始,他们,男人和女人,在行走;二十世纪正在结束,他们还在行走,不是原来那些人,但是依然是那种皮鞋后跟和高跟鞋的嘚嘚声。一成不变地分为男性和女性、老年与青年的秩序,依然如故,绝无略减,虽然一度生活过的人不复存在。我在喜悦中吸进空气,因为我是他们的一员,肉体和他们同一,但是同时意识到了那些可能没有完全逝去的人们。我取代了他们具有不同的却是自己的名字,因为五感是我们共同的,我现在行走,也将被后人取代。死亡和时间不会触及我们,孩童时期,我和夏娃在一个幼儿园,一个沙箱中,一张床上,互相拥抱,享受爱情,说出海誓山盟的话,吐出永恒极乐的叹息。远方开阔,上面是闪烁的机械,下面是地下铁道的隆隆声。我们身穿天下的美服,银色头饰,紧身衣,仿制毛皮,穿山甲皮革、鸟类皮革。用眼睛吸收花店里的物品,听取人们言谈的话语声,感觉到刚才品尝的咖啡的香气。在路过一家家公寓窗户的时候,我设想出他们的故事和我的类似,提起臂肘,对镜梳头。我自己分身,同时分别入驻他们每一个心中,因而我的短暂时间对我无计可施。

※

题　词

"他出发了！观看奔流的活力河水，宏伟而明亮。他欣赏大都会永恒之美和生活的惊人和谐；在人类自由带来的混杂中细心地保存了这样的和谐。他观赏大城市的景色，受到迷雾爱抚和阳光暴晒的景色。他赏识华丽的马车，骄傲的马匹，马夫的整洁，脚夫的麻利，波浪起伏的女人之美，享受幸福生活、衣装体面的儿童；一言以蔽之，普遍的生活。某种时尚，服装的剪裁样式的些许变化，一种帽章取代了扎结的丝带或者扣钩，女帽变得更大，假髻垂到颈背，腰线上升、裙子变得简约——如果这样的话，无疑他的鹰眼都会立即发现，即使是在很远的距离之外。一个团行军走过，也许是走在通往世界尽头的路上，往空中释放出震撼人心的音乐，清亮有如希望；于是C.G.先生已经看见、检验、分析那支军队的武器、步态和状貌。肩带、金属装饰、音乐、决断的目光、沉重而死板的胡子，全都杂乱投进他的目光；可是在几分钟以后，由此而来的一首诗就会写出来。他的心灵开始和那支军队一起生活，军队像一只动物似的正步前进，一个自豪的、服从命令的喜悦形象！

"但是，夜晚来临。天幕拉开，城市灯光亮起，这是一个怪异的、意义模糊的时分。煤气灯在夕阳的橘红色上面形成一个斑点。无论诚实与否，合理还是疯狂，人们自忖：'白日终于过去了！'聪明人和玩世不恭的人都想到娱乐，人人都跑到一个首选的地方，喝一杯忘忧之酒。C.G. 先生在亮光依然闪耀之处、诗歌发出反响之处、生命活跃之处、音乐震荡之处逗留到最后；无论一个人在哪里为他的眼睛摆出姿势，无论一个自然人和一个习俗之人在哪里显示出一种奇异之美，无论太阳在哪里目睹一个被剥夺权利的动物享受仓促中的乐趣。"

——夏尔·波德莱尔
《康斯坦丁·居伊，现代生活画家》

※

我正在进行一个重要的任务，全力以赴，因而豁免了逃避社会责任的指责。在拉丁区，在一九〇〇年新年钟声响起的时候，我正在居查街上坡的人行道上行走。有一只戴手套的手掌拉着我的手臂，头上油汽灯里煤气嗡嗡的声响。她已经化为灰烬的躯体对于我来说依然是梦寐以求的，就像对于另外那个男人一样，如果说我在梦中触摸了她，她也绝不会说是什么时候死去的。在一个伟大的发现即将取得的时候，我几乎进入了个别转化为一般和一般转化为个别——的秘密。在我帮助她解开胸衣扣钩的瞬间，我要赋予这一瞬间哲学的意义。

※

题　词

"她喜欢维也纳时装,十分朴素,但是配有簌簌作响塔夫绸的衬里,一副不常用的夹鼻眼镜挂在镶了小珍珠的长链上,手镯上有坠子。动作很缓慢,有点装模作样,伸出手让人亲吻,姿势讲究,稳重之下大概隐藏了全家人特有的怯懦心理。她的珠宝、香烟盒和香水都具有个人性的、讲究的趣味标记。她的文学爱好有相当的革命性和进步性。她比莱拉更真诚活泼,对阅读感兴趣,但是实际上,书籍不过扮演了她服装附加品的角色,无异于大檐帽和遮阳伞。伊霞姑姑首先向多罗舍维奇一家介绍了当时流行的作家泰特马耶尔,后来从意大利带来了吉兰达约和波提切利绘画照片,谈论早期文艺复兴的绘画流派,最后表示喜爱普舍彼舍夫斯基及其风格,常常说:'你想要白孔雀吗?我给你白孔雀。你想要紫水晶吗?我给你紫水晶。'"

——雅妮娜·茹乌托夫斯卡《过往的时代,不同的人》
(*Inne czasy, inni ludzie*)
阿尔玛图书公司,伦敦,一九五九年,页三十八

※

窸窸窣窣的塔夫绸,夕阳西下,普雷贝特河畔公园。
一群人出发到两旁种满鲜花的林荫路散步。
到处飘散烟草、夹竹桃和木樨的芬芳。
深沉的寂静,上涨的水面是不见一物,空旷。
此时仆人正准备晚餐,摆好灯盏,
餐厅窗户照亮外面草地上的龙舌兰。

莱拉、玛丽什卡、索菲尼塔!莱尼亚,
斯泰尼亚、伊霞、丽尔卡!
我竟然不能够和你们谈话
不能使用我的语言,这语言
没有文绉绉到难以理解
或者变成餐桌上轻声细语,
这语言严肃而准确,竭力拥抱
艰难的生活;却不能在此使用?

我在踱步。人世难解。穿狩猎服装。
来到我们的森林和房屋、庄园,
他们用冷菜汤招待,我心不在焉
不注意这个世纪末的诸多问题。
它们都涉及真实:真实从何而来?在哪里?
我不开言,正在吃鸡块和黄瓜凉菜。

美丽的多遭到诱拐,不顾意愿和罪过,
意识不断地搅扰我,就像我的沉默。
我一直在收集想象和理念,

学会旅行赴旧地访问。
但是从出生到消失之间的时刻
多不胜数,贫瘠的语言难以尽述。

成行成列的野鸭飞过共和国的水域,
露珠落下,按照波兰的礼仪
模仿的都是华沙还有维也纳仪式。
乘独木舟过河到达村庄的一侧,
听见了犬吠和东正教教堂的钟声。

我要告诉你们什么?我寻求的都没有找到:
赤身和你们在尘世的牧场聚会
在暂停的时间之无尽的光辉之下,
没有束缚我就像曾束缚你们那样的形式。

看到了未来。预言家。在一个柔和、宽恕的夜晚。
蒺藜长满修剪过的花园的小径上
一条纤细的金链挂在雪白的脖子上,
和对于你们大家的记忆一起,他即将离去。

※

题　词

　　"在乌克兰,有几百个大小不同的公园经历了共和国及其贵族的衰落,但得以保存下来,随处可见的古树、草坪和装饰用的树篱,见证了贵族曾经在场。有一次,在东喀尔巴阡山脉离开最近居民点一天行程的偏僻谷地里,我注意到了榛子树丛中有十九世纪初期特有的这种装饰树篱。我拨开树莓和藤蔓,找到了几块古老的石材和砖头。甚至在最大的荒原中,伴随了这些居民的也有古老共和国时期人们对园艺的强烈爱好。"

——耶日·斯坦波夫斯基(帕维尔·霍斯托维茨)
《在第聂伯河谷地》(*W dolinie Dniestru*)

实在说,我想告诉他们什么呢?想说:我不辞劳苦,想要超越我的地点和时代,寻找真实。工作做完了(值得赞扬吗?),一生是充实的,却命定充满悲伤。现在我感觉自己像是这样的一个人:幻想自己就是自己,但其实只是服从于某种风格。就是这样,即使是另外又一种服从。"你想要白孔雀吗?我给你白孔雀。"把我们联结起来的可能是我们仅有的共同之点:在超时间的花园里的同样的裸体,但是时刻都很短促,所以我觉得,我们不顾及时间,互相拉起手来。我也喝酒,摇头,说:"人的所感和所思,是表达不出来的。"

安娜莱娜

从前,有时候我亲吻镜子里自己的面容;因为安娜莱娜的双手、嘴唇和泪水曾经接触过这个面容,我觉得我的面容具有神性的美,似乎映射出天堂里的甘醇。

——奥斯卡·米沃什《爱情的起始》

我曾喜爱你的天鹅绒的私处,安娜莱娜,在你双腿三角洲的长距离旅途。

在河水中逆流而上奔向你跳动的心灵,穿过越来越野性的激流,里面饱蘸了荸草花和黑色水草的闪亮。

我们两个人猛烈、得意的笑声,在午夜急速穿衣,要向上攀登城镇高处的石梯。

因为惊奇和寂静而压抑呼吸,台阶的石头破损,大教堂门廊宏伟。

教区长住宅后门外是碎砖与杂草,在黑暗中触摸到院墙粗糙的扶壁。

后来从桥面往下凝望花园,月光下每棵树都有座椅,幽暗的桦树内部传来的水力轮机的声音。

我们向谁陈述大地发生的事情，为谁处处放置明镜，希望明镜充满形象，而且永远如此？

我们永远犹疑这是不是你，安娜莱娜，和我，还是童话中釉彩的小牌子上面一对无名的情人。

伯克利　一九六七

黄色自行车

我问她想要什么,
她说:"一辆黄色自行车。"

——罗伯特·哈斯

我亲爱的,我们尽情移动舞步的时候,
把车停在一旁,离那里不远有一辆黄色自行车靠在树边,
我们移动舞步进入花园的大门,
北面的花园,那里有很多露水和歌唱的鸟雀,
我们的记忆像儿童,只保存我们需要的:
昨天的早晨和晚间,不会更远。
但是我们回忆起一个姑娘,她就有这样的自行车,
对自行车还有温柔关怀的话说出。
在方形保护树篱之间有花坛
我们在那里看见一个小雕像和雕刻着名字的小石板。
我们沿台阶下行走向湖边
这片湖像是来自一段旧民谣,
平静,在云杉森林半岛之间。
于是人的共同回忆又来访问我们。

进入树里

于是把他赶出去了。又在伊甸园的东边安设基路伯和四面转动发火焰的剑,要把守生命树的道路。

——《圣经·创世记》3:24

他抬头一看,说:"我看见人了。他们好像树木,并且行走。"

——《圣经·马可福音》8:24

善良的斯维登堡对我们说,树木是人的近亲。
它的枝条像臂膀一样互相抱紧。
树木实际上是我们的父母,
我们始于橡树,也许希腊人说,始于梣木。

我们的唇舌品味树木结出的鲜果,
妇女的乳房被叫做苹果和石榴。
我们对子宫的爱就像树木之于大地阴暗的地下。
因此最渴望的事物孕育在一棵树里
而智慧寻求接触它那粗糙的树皮。
新耶路撒冷的仆人说:我得知
亚当在天堂果园里,或曰人类的黄金时代
表明在前亚当人之后生活的世代人类
遭受了不正当的轻蔑。他们都很和蔼
彼此诚恳相待,未开化却不似野兽,
在鲜果和泉水的沃野里幸福愉快。

亚当按照形象和相貌被创造，
表现了遮蔽精神的乌云被分开。
而夏娃为什么是从亚当肋骨取出来？
——因为肋骨靠近心脏，心是一己之爱的别称，
亚当认识夏娃，在她身上爱他自己。

在他们二人上面是那棵树。给出绿荫的树木。

瑞典皇家矿业委员会顾问在其著作《论婚爱》中谈到此事：

"生命之树意指从上帝得到生命的人，或者活在人之中的上帝；因为爱和智慧，或者慈善与信仰，或者善与真在人身上构成上帝的生命，这一切就体现为生命之树，因而有了人的永恒生命……但是科学之树意指人相信人从自己而非上帝那里得到生命；因此爱和智慧，或者慈悲与信仰，或者善与真，都是来自自己而非上帝；他相信这一点，因为他思考、有意志、言说和行动，全都酷似他自己的面貌。"

自爱提供苹果，黄金时代结束。
其后是白银时代。青铜时代。黑铁时代。

一个儿童睁开眼睛，第一次看到一棵树。
所以我们觉得人像是行走的树木。

又一天

对于善与恶的分辨寓于血液的流动之中。
寓于儿童依偎母亲,因为母亲是安全和温暖。
寓于我们儿时在夜间感到的恐惧、面对野兽爪牙
和黑暗房间感到的惧怕,
寓于儿童时期愉快的完结、青年情爱的沉湎之中。

我们是否因为这样的理念起源平凡而不相信它?
或者要断言善在于生者的一边?
而恶在埋伏起来以吞噬我们的毁灭的一边?
是的,善和生存有亲缘,虚无是恶的反射镜。
善是明亮,恶是黑暗,善在高处,恶是下流——

依据我们躯体、我们语言的本性。
美也是如此。它没有权利存在。
不仅没有任何的理由,而且有论据加以反对。
但是它毫无疑问存在,而且和丑有天壤之别。
鸟儿迎接黎明,在窗外鸣啭,
投入室内的光线在地板上闪现,
波纹状地平线上桃红色天空和深蓝色山峦接触,
一棵树似的建筑,一根戴绿色冠冕的立柱。

这是千百年来的召唤,一如今天,
似乎再有一刻,这神秘就突然展现,
老艺术家心想他一生都在学艺,
再过一天就进入精髓、花朵的蕊心。

善虽然弱势,美却强力坚韧。
虚无延展,把广阔生存化为灰烬,
化装成模拟生存的颜色和形状
如果不是因为它丑陋,则无人识破。
如果人们不再相信善与恶并存,

只有美召唤他们、拯救他们,
因此他们依然会说:这是真实,那是虚假。

冬 季

加利福尼亚州冬季强烈的气息,
到处是灰色和玫瑰色,几乎是透明的满月。
我给壁炉添加木柴,喝小酒,思绪飘来。

刚刚阅读了新闻消息:
"雷姆凯维奇,诗人,在伊瓦瓦大行归西,
享年七十。"
他是我们一群人里最年轻的,我有点小看他,
就像小看其他人,因为他们思想肤浅
虽然在很多美德方面,我还比不了他们。

我在这里,这个世纪和我的一生
正在接近终点。对于自己的力量虽然自豪,
却因为观点的明确而感到困窘。

混杂了鲜血的先锋派。
无法索解的艺术品的灰烬。
混乱的杂烩。

我对此做出判断。自己却有标记。
这不是有正义感和尊严的人士的世纪。
我知道怎么制造恶魔,
在其中识别出自己。

月亮。雷姆凯维奇。松树枝桠的火光。
水快没过我们,姓名只留存一瞬。
是否留在后代人记忆之中无关轻重。
带着猎犬狩猎这世界奇妙的意义,世人不可及,
多么宏伟。

现在我准备好远行
在死亡边界后面太阳升起的时候。
我已经看到天堂森林里的山峦
在那里每种实质后面呈现出新的实质。

我垂暮之年的音乐,我受到
越来越完美的声音和色彩的召唤。

壁炉柴火,不要熄灭。你进入我的梦境,爱情。
大地的青春季节,你要保持长盛。

伯克利　一九八四

男　孩

你站在一大块石头上投出鱼线,
闪亮的水花围绕你一双赤脚,
这是故乡的河流,长满睡莲。
你是谁,凝望浮标,倾听着回声,划桨拍水击打的声音?
少爷,你身上有什么标记,
现在你痛感自己与众不同,
并怀有一种向往:要和他人一样。
我知道你的经历,知道你的未来。
穿上吉卜赛女郎服装,我会来到河畔,
给你算命:名震天下,无尽财产。
但是只字不谈付出何等代价:
富人不愿对嫉妒者们坦言承认。
有一事可确认:你身上有两个天性。
一面是悭吝、谨慎,另一面是慷慨,
你会费长时间协调这二者,
直到你的作品逐渐淘汰
只有偶得的馈赠,
还有心胸宽阔的、忘我的给予,
不要丰碑、传记和世人的记忆。

萨勒姆市

现在你得承认有罪过,
细察自己阴暗的真实。
奖状、荣誉证书、羊皮纸,
我在哈佛大学的讲座,
普通人用你们的语言呼喊。

我退回到自己的中心点,
来到维尔诺的绿桥。
我从路易斯安那寄出的明信片,
一位老妇人收到、阅读。
我和她都为命运哀叹。

多年来美梦长存,
但愿这对于你来说
算是安慰。可能存在的东西,
都会消亡,回声也要沉默。
损失不可挽回。

能够感知、触摸的一切
逃避语言的艺术和理解。
这样的命运早来到我身边,

为的是让我回到阴影的国度，
在港口街和闸瓦街拐角。

在萨勒姆我参观了女巫之家，
我的一生好像是短暂一瞬间，
在团团沥青火焰的黑烟之间
在忘川流过或者圣诞节前夜度过。
在这里人人都把名字忘记

一九一三年

秋收之后我立即旅行前往意大利。
一九一三年,迈高米克收割机第一次
在我们的田野里开动,
留下的庄稼残梗很不一样
不同于小镰刀和割草大镰刀的工作。
我的管家姚塞尔和我乘同列火车
但是坐三等车厢,去哥罗德诺探亲。
我在哥罗德诺铁路餐厅晚餐,
餐桌很长,有橡胶做的花草装饰,
列车蜿蜒开出阿尔卑斯山关口的时刻,
让我回忆起涅曼河上的高桥。
经过水面时候我醒来,
珍珠色礁湖映出灰蓝色光辉,
在这样的城镇旅客常忘记自己是谁。
在忘川水域我望见了未来。
这是我们的世纪?在另一个大陆,
我和姚塞尔的孙子坐在一起
谈论诗人朋友。我又重生
再度年轻,和已往的我没什么不同。
时装多么奇怪,街道多么陌生,

我自己知道却什么也说不清,
因为还不能从中给生者说明。
我闭上眼睛,脸庞迎着阳光
在这里,圣马可广场,啜饮咖啡、品尝。

伯克利　一九八二

黎　明

啊，能够延续多好。我们多么需要延续。
太阳升起之前天空饱蘸了光线。
建筑物、桥梁和塞纳河都有玫瑰色轻微渲染。
我曾在这里，此刻和我一起行走的她当时还未出生，
远处平原上的城市还保存完好，
还没有和墓砖一起爆炸飞向空中，
住在那里的人们一点也不知道。
只有这黎明的瞬间对我才是真实。
过往的生活像以往的我，难以确认。
我要向城市施下咒语请求它延续下去。

中　午

在山上一个旅馆，高居在栗子树丰厚的浓绿色上面，
我们三个人坐在桌子旁边，靠近一个意大利人家庭，
上方是层层的松树林。
近处有一个小姑娘从一口井里汲水。
空间开阔，飘来燕子阵阵的叫声。
噢——噢，我心里也悠然唱起一支歌。
多美好的中午，它再也不会重复。
因为现在我和她、和她坐在一起，
往日生活各个时期都在此重合，
一壶美酒放在桌子上，桌布有花格。
这个岛屿的花岗岩有海水刷洗。
两个女人的欣悦和我的欣悦汇合为一
科西嘉夏日的树脂气息和我们同在。

一八八〇年返回克拉科夫

这样，我从宏大的首都回到这里，
大教堂山丘下狭长谷地中一个小镇，
山丘有列王的坟墓。塔楼下面有市场，
喇叭尖厉的声响宣告中午的时刻，
声响骤然中止，因为鞑靼人的利箭射中号手。
鸽子飞翔。女人头巾艳丽，出售鲜花。
三五成群的人在教堂哥特式廊柱下闲谈。
我的书箱到达，不再起运。
我辛劳的一生，我知道过完了，
记忆中的脸比在银版照相上更苍白。
我不必每天早晨写备忘录和书信，
有他人代笔，总是满怀着同样的希望，
都知道没有意义，却为它贡献出一生。
我的国家依然如故，几个大帝国的后院，
做着外省的白日梦自找屈辱。
早晨我拄着拐棍出去散步：
老年人的地方换了一批新的老年人，
过去少女走过、裙子沙沙声响的地方，
另有其他的少女行走，为一己美貌而骄傲。
孩子们滚铁环超过了半个世纪。
地下室里一个鞋匠从坐凳上仰望，

一个驼背从我身旁过去,心里悲怨不止,
一个妇人肥胖,七宗罪的形象。
大地就这样延续,在每件小事当中
在人的生活当中,只去不返。
这对我是一个解脱。是赢,还是输?
为了什么,反正世界会忘记我们。

城　市

城市在花簇当中欢笑，
很快都会结束：一种时尚、一个阶段、这个时代、生活。
最终瓦解的惊骇和甜蜜，
让第一批炸弹落下，绝不延期。

准　备

又经过一年的准备时间。
明天我要坐下写作伟大的作品,
二十世纪将出现其中,真实不掺假。
太阳将要升起,照耀义人和不义之人,
春天和秋天依次往来,丝毫不爽,
画眉在潮湿的灌木丛筑造巢穴
狐狸即将学会狐狸的技艺。

就是这些。补充说明的是:大军
奔驰穿过冰天雪地的荒原,发出诅咒
像多声部大合唱;坦克的炮管
在街角越变越大;黄昏时分
开进集中营的瞭望塔和铁丝网之间。

不,明天不会发生。在五年、十年之后。
我依然频繁想到母亲的劳累
思考女人生出的是什么人。
他蜷缩成一团,保护头部,
因为加重的皮靴猛踢;身上着火、奔跑,
他燃烧发出亮光;推土机把他推进巨大泥坑。
她的孩子。抱着玩具小熊。孕育在极乐中。

我还是学不会妥帖叙事,平心静气。
愤怒和恻隐,都妨碍风格的均衡。

在不十分的真实之中 *

在不十分的真实之中
还有不十分的艺术
不十分的法律
不十分的科学

在不十分的天空之下
在不十分的大地上
不十分无辜的人们
不十分堕落的人们

伯克利　一九八四

---

* 原作无标题，现取首句为题。

意　识

一

意识围起了新罕布什尔州每一棵桦树
和森林,在五月,森林都被绿色薄雾笼罩。
其中有无数人的面容,行星的轨迹,
往事和对未来的预测。
不必信赖他人,要自己从那里慢慢抓取语言能够
表述的一切,虽然语言的能力微弱

二

对于生者火热的土地来说它陌生而无用。
树叶岁岁更新,鸟雀交配而无需
它的帮助。河岸上有两个人
躯体越靠越近,受到无名力量的吸引。

三

我想,我在这里,在这大地上,
要写一篇关于大地的报告,却不知给谁。

似乎我受命而来,因为这里发生的事
有某种意义,因而会变成记忆。

四

胖与瘦、老人与青年、男人和女人
带着手提包和皮箱,挤满了飞机场的走廊。
我忽然感觉,写作变得不可能,
这是某一张挂毯的背面,
它后面还有另外一张来说明一切。

五

现在,不是在其他时期,在这里,在美国
我尝试从许多事物中筛选出对我最重要的。
我既不沉溺其中,也不无由自责。

一个男孩受到折磨,他想要变得和蔼可亲
为此浪费了不少年的光阴。

面对告解室格栅低语的羞怯,
格栅后面是沉重的呼吸和发热的耳垂。
圣体匣解下标准的外袍,
一个小太阳周围有雕刻出来的光辉。

家庭和仆人在五月之夜的祈祷,
对马利亚的连祷,
造物主的母亲。

我,意识,包含了铜管军乐队,
大胡子兵吹奏,为了举扬圣饼的仪式。

复活节之夜滑膛枪射击的枪声,
清冷的早霞几乎还未变红。

我欣赏艳丽服装和装扮,
虽然绘画中的耶稣都不真实。

我有时候信教,有时候不信教,
和其他像我一样的人一起祷告。

在金碧辉煌的巴洛克式檐口的迷宫中,
我一路试探,受到主的圣徒召唤。

我到过神奇的地方朝拜,
那里有泉水突然从岩石里迸发而出。

我进入我们共同的脆弱和幼稚
这是我们人类儿女的特质。

我忠实地保持在大教堂的祷告:
耶稣基督,圣子,我是罪人,请赐予开导。

六

我,意识,起始于皮肤,
光滑的皮肤,或者长了浓密的汗毛。
树皮似的脸面,阴部的小山,大腿
都是我的,却不是我独有。
而在同一时刻,另外一个意识,他或者她,
正细心打量自己在镜子里的形体,
知道是自己的,却又不是自己独有。

我触摸镜子里的一个躯体,
是否也在触摸每一个躯体、探索他人的意识?

也许根本不是,因为他人的意识不可企及,
以严格的自己的方式认知?

七

她说,你永远不会知道我的感觉。
因为你充满我头脑,自己没有充满。

八

狗躯体的温热,狗性的实质不可认知。
但是我们感觉到了。在那伸出的湿淋淋的舌头里,

在眼睛忧郁的柔软天鹅绒里，
毛皮的气味与我们不同，却有亲缘关系。
于是我们的人性变得更明显，
共同的，脉动的，垂涎的，毛茸茸的，
虽然对于狗来说我们都像众神
消失在理性的水晶宫殿之中，
忙于超出理解范围的活动。

我愿意相信，我们上方的力量
从事我们不可企及的行动
却偶尔也触及我们的面颊和头发
因而他们自己感觉到了这可怜的躯体和血液。

九

每一种礼仪，都是人类令人惊愕的安排。
他们身着衣装行动，衣装比他们经久，
手势在空中凝固，由后来者填充。

逝者使用过的词语，依然继续使用。
好色之徒，猜测纺织品下面长黑毛的三角区域
注意织物或丝绸下面的突兀。
他们忠实于礼仪，因为有别于他们的本性，
礼仪超越他们，超越他们黏膜的温热，
在灵与肉之间不可理解的边界线上。

十

当然,我没有揭示我真实的思想。
为什么要揭示?为了造成更多的误解?
揭示,给谁听?一代代的人出生,成长
需要很长的停顿,不想听未来的事。
不过我一事也不回避。一生都是这样。
既然知道,就不能回避。还必须承认其中的道理。
未来遥远的生活和他们毫无干系,
后代人的艰难困苦非他们关心所在。

马萨诸塞州剑桥　一九八二

祷　告

你问我怎样为不在场的人祷告。
我只知道，祷告建造天鹅绒之桥
走在这桥上像在空中，像在一块跳板上，
下方是金醇色的景色，
因阳光神奇的滞留而变样。
这座桥梁通往反向之岸，
那里一切都相反，"存在"这个词
展示我们几乎没有预先领悟的意义。
注意我说的是"我们"。在那里每个人
都感觉到对于化为肉体的他人的同情，
还知道，即使没有另外的一岸，
我们也会走上空中桥梁。

马萨诸塞州剑桥　一九八二

乔姆斯基神父,多年之后

乔姆斯基神父,维多泰教区主教,
高龄九十七岁逝世,到临终都为
教区教众操心,因为后继无人。

我是他往昔的学生,在太平洋岸边
把《启示录》从希腊文译成波兰文,
认定这正是做此事的好季节。

他们得从两侧托起他的双手
当他在祭坛上举起圣饼和酒。

他曾经被帝国的爪牙猛打
因为他不愿意对世界鞠躬行礼。

而我,我没有鞠躬吗?虚无的大灵,
这个世界的君主,自有他的办法。

我不愿意为他效劳。我工作
是为了拖延他取得的胜利。

为了上帝和他天使般的大众在一起欢欣,
上帝是全能的,但行动迟缓。

在大战中他每天被击败
在教堂里不现出痕迹。

在学校小教堂我对上帝表示忠诚,
乔姆斯基神父蹑足走近吹灭蜡烛。

我未能把上帝和我血液的节奏分开
感到某种错谬,要在祷告中超越。

我不虔诚,耽于肉体,
受到召唤加入狄俄尼索斯的舞蹈。

不顺从、有好奇心、迈开走向地狱第一步,
容易受到最新理念的诱惑。

处处听闻:要体验、要感受、
要大胆、摆脱醉酒和罪恶感。

我想要吸收一切、理解一切、
连黑暗对我也有魔力。

我辛劳是为了反抗世界
或者不知道我曾和它同在,属于它?

是否帮助过当权者用他的铁蹄
践踏不配享有更好命运的土地?

※

但是,并非如此,我犯罪的共谋
乐园中苹果树下的夏娃。

我爱你的胸部、腹部和嘴唇,
怎么理解你是他人又是你自己?

突兀与凹陷曲线互补,
感觉和思想是否也这样?

我们的眼睛都能看见,耳朵都能听见,
我们的碰触创造又毁灭了同一个世界。

不是一,一分为二,不是二,合二为一,
我是第二个,为此才能意识到自己。

和你一起吃知识树上的果实,
沿曲折道路穿越沙漠。

※

在曲折道路上,可以看到下面崛起的和陷落的城市、起伏街道的幻景、狩猎小羚羊的猎人、溪流边田园的景色、在耕地上午后休息的犁具;许多事物,变化多样,空中有横笛和长笛的音乐,语声的召唤,曾经存在过的语声。弯曲的道路,千百年,但是，我能够放弃我所获得的一切吗？——信息、知识、永远未竟的目标的追求？即使这一目标，我很长一段时间一无所知，注定要化为笑柄也罢。放弃、隔绝、封闭视觉、听觉和触觉，以此方式获得自由，从而不再惧怕属于我们的东西被夺走——决不，这样的事我决不接受。

※

我坐下，为自我辩护而写作，
追忆往昔的、没有淡忘的旧事是我的证人。

在彩色玻璃的深红色中，在石刻边缘中，
在魔术和炼金术深重金色书法中，

在有童话般的陆地闪烁的地图中，
在银河环绕的星球之中。

在瀑布边的水磨巨轮轮辐中，
在芦笛声中，在厚重金丝布料帷幕中，

那是我的房子，我的栖身之地，
我的出埃及事，
走出宇宙的不可企及境地。

※

我的所有，就是我双手的灵巧。我是 homo faber——独创者、制造者、编造者、建设者。我上面的天空太大，它用数量无限的恒星剥夺了我的特性。而向前又向后无限伸展的时间的线条则吞噬了我生命享有的短促瞬间。我用斧头砍一段木头，突然看到断成两段的木头里面的白茬；我用凿子凿开层层的梨木，或者在不褪色的硬纸上画出 Ledum palustre[1] 或者 Gnaphalum uliginosum[2]，或者根据秘方制备灵丹妙药，这时候，宇宙之龙，不可遏止的星系自转的伟大的埃及，都不能控制我，因为我受到厄洛斯的指引和保护，我所做的一切，都会变得无限大，在我面前，此时，此地。

※

　　这样，无论你愿意与否，都在唱歌赞扬我，
　　把一切伟大和华美给予我？

　　来自虚无者，将重新返回虚无，
　　力量和欣喜，丰饶和至福。

　　你们在深渊的边缘无知地起舞，
　　屈服于血液跳动的节奏。

---

1 拉丁文，杜香。
2 拉丁文，湿生鼠曲草。

这其中毫无真实,只不过是狂热。
大地永远永远属于我。

※

说老实话,这个声音每天都在纠缠我。

因为我不能想象自己属于耶稣门徒的行列,
在小亚细亚漫游,从城市到城市,
他们的话语都在促使帝国的毁灭。

我在市场上盛有美酒的大陶罐中间,
在拱形长廊下面,美味的烤肉嗞嗞作响,
舞者在跳舞,摔跤手的身上橄榄油发亮,
我挑选海外商人出售的光艳布料。

如果恺撒赏赐我们死刑缓行,
有谁还拒绝对恺撒雕像致敬?

我不能理解,我这股顽固来自何方。

还有这样的信念:急切血液的跳动
会完成沉默上帝的计划。

悟　出

虚荣和贪婪一向是她的罪恶。
在我们藐视一切的理性判断
他人的时期，我爱上了她。

后来我突然悟出一个道理。
不仅我们的皮肤钟爱彼此，
我们的私处也天生适合，
她在我身边的熟睡发挥威力，
她的童年是在她梦中的城市。

她身上的天真和羞怯，
或者装扮为自信的恐惧
都感动了我——我也是这样的——
我不再判断他人，因为突然之间
我看到自己的两大罪恶：虚荣和贪婪。

给伊格莱柯·载特的挽歌

永远不忘记,你是王的儿子。

——马丁·布伯[1]

在你逝世后一年,亲爱的载特,
我从休斯敦飞到旧金山,
回忆起我们在第三大道的会面,
我和你感觉到彼此有点喜欢。
当时你告诉我你小时候没有见过森林,
只见过窗外一堵墙的青砖。
我感到痛苦,后来痛苦多年:
我们注定被剥夺宝贵的遗传。
如果你是国王的女儿,你不会体验到的。
两河交汇处没有建有城堡的祖国,
在六月里没有燃香氤氲中队列的行进。
你很谦恭,没有提出什么问题。
你耸耸肩膀:我是什么人啊,
戴长春花冠在队列里傲然行进?
你肉欲、羸弱、可怜又爱挖苦,
不介意随意地跟男人走,
抽烟太多,似乎不在乎尼古丁致癌。

---

1 马丁·布伯(Martin Buber, 1878—1965),奥地利和以色列的犹太人哲学家、翻译家和教育家,他的研究工作集中于宗教有神论、人际关系和团体。

我熟知你的梦想：有自己的家，
有窗帘，有一盆早晨得浇水的花。
本来应该实现，但是没有成功。
我们往昔的瞬间：鸟雀的交配，
没有意向，反思，几乎是在虚空
在秋天里山茱萸和枫树丰采的上方，
甚至在我们记忆中几乎不留痕迹。
我心怀谢意，因为得益于你我知道了，
虽然一直不善用言辞表达：
在这个世界没有荣誉也没有权杖，
在卷起来宛如一个帐篷的天空下
有对众人某种宽容、某种善意，
简单地说，某种温柔，亲爱的载特。

附言

但是我所在意的比语言表述得更多。
我为我们大家表现出苦涩的悲哀。
我希望每个人都知道自己是国王的子女
而且确知自己有不死的灵魂，
亦即相信最是属于他们的一切不可磨灭，
像他们触摸的一切永存；
现在我在时间的界限之外看到：
她的木梳、玉兰油膏和口红
在超越现世的小桌上摆放。

安　卡

戴什么帽子，在哪个时代，
安卡坐着在那里照相，
前额上方有一只死鸟的翅膀？
她是门槛后面的那些人之一，
门槛后面现在已经没有男人和女人，
先知没有单独给蒙了头巾的人布道，
因为她们的长发会激起情欲，
也不向头巾长袍的大胡子男人布道。
安卡幸免于二次大战的焚尸炉，
照镜子试穿新式衣服、
衬衫、项链和戒指，
梳好头、化好妆，准备投入职业的战斗，
高兴入睡或者品酒闲谈，
是一套满是雕像的美丽公寓的业主。
度过几十年直到世界的末日，
形体皆无的她现在如何？
先知又能说什么，既然想不到头巾
下面的头发、皮肤和玉兰油膏的芬芳？

神正论

不,高贵的神学家,不行,
您真诚的意愿拯救不了上帝的道德。
如果上帝创造了能够在善恶之间作出选择的人,
他们作出选择,因此世界陷入罪恶,
还是会有痛苦,和造物不该遭受的折磨;
要加以解释,造物只能假定
存在原始的天堂,
人类出现以前的堕落深重,
物质世界在魔鬼的力量下成形。

餐桌 之一

只有这个餐桌是实在的。沉重。坚实的木材。
我们在这张餐桌宴饮,一如我们之前的他人,
能猜出在清漆下面他们手指的碰撞。
其他的一切都令人起疑。我们也是,出现
一瞬间,以男人或者女人的形象
(为什么是或者?),身披规定的衣着。
我注视她,就像是第一次看见她的脸。
又注视他,再看她。为的是他日
在非人间的地区或者王国中能够回忆起他们?
要为哪一刻做准备?
或许还得再一次从灰烬中出走?
如果我在这里,完完整整,在切烤肉
在这个酒馆里,酒馆高居在摇曳不停的辉煌海面上。

伯克利 一九八三

餐桌　之二

在这个酒馆里，酒馆高居在摇曳不停的辉煌海面上，
我似乎在水族馆里活动，意识到消失在即，
我们都是生死有命，活着已感到难为。
这共同性令我慰藉，虽然也感到悲伤，
共同的目光、手势、触觉，眼前和历年。
我想，我的乞求能让时间滞留，
我像前人一样，习得接受依从。
只来考察这里有什么耐劳持久：
配牛角把柄的刀子，铁皮的饭碗，
蓝色的瓷器，坚硬但是易碎，
还有，就像激流中的一块石头，
这张硬木制造的桌子，被摸得光亮。

我　的

"我的父母,我的丈夫,我的姐姐。"
我在餐馆里用早餐,听他人闲谈。
女人的话语声窸窸窣窣,完成
无疑必不可少的仪式。
我的眼角斜视看见翻动的嘴唇
感觉欣慰,我在这里,在这尘世大地,
再延续一刻,在一起,在这尘世大地,
来庆幸我们的,微小、微小的自我。

安纳波　一九八三

感　激

魔力十足的上帝，你对我有厚赠，
为了善，也为了恶，我都感谢你，
世间的每一件物品中，都含有永恒之光，
不仅在现在，也在我死后的日子里。

七十岁的诗人

啊,神学家兄弟,你是
鉴赏天堂和深渊的行家,
每年都有所期待
日夜苦读经书文集
就要踏入最后的门槛。

唉,你的确受到了屈辱
被狡诈的理性玩弄,
你来到人类的家园中间,
像航船在他们中间航行,
却不知目的和港口何在。

你坐在酒馆里喝酒,
喜欢那儿的热闹嘈杂
大声喧哗却又戛然而止,
像留声机放出的音乐。
你在那里思考着原因何在。

悲哀大地有令你欣悦之处,
爱情的美味佳酿让你热血沸腾,
魔力会把你的心灵改变,
四旬斋挽歌中断你的细语,
你依然要学会对人事宽容。

贪图口腹之欲，轻浮，迷惘，
似乎你的时间永无止境，
你奔跑，眼睛盯着尘世的奇迹，
在剧院里转动翻滚的躯体
每日每时都在变动赢得青睐。

你涂脂抹粉，又涂口红，
你穿丝绸，头插羽毛，
发出叽叽咕咕的鸟语，
假装这是大自然所需，
哲学家，这就是你的理解。

你全部的聪明都归徒劳
虽然为探索耗费了一生，
现在不知该如何是好，
因为烈酒、伟大的美
和幸福，只留下了悲哀。

         伯克利　一九八二

以一句话为家 *

以一句话为家,这句话似乎是钢铁锻打。这愿望从何而来?不是为了令人入迷。不是为了让名字留在后人记忆里。这是对于秩序、节奏、形式的无名的需要,这三个词对抗着混乱和虚无。

伯克利—巴黎—马萨诸塞州剑桥　一九八一至一九八三

---

* 原作无标题,现取首句为题。

纪　事
一九八五至一九八七

有一只猫的肖像

一个小女孩看一本书,里面有一只猫的图画,
它戴着一个毛茸茸的项圈,身穿绿色天鹅绒衣服。
她的嘴唇红颜色很浓,在甘美沉思中半开。
这是在一九一〇年或者一九一二年,这张画没有日期。
作画者是马乔丽·墨菲,一位美国妇女,
生于一八八八年,和我母亲一样,大体上。
我在艾奥瓦州小镇格林内尔看见这张画,
在世纪末。这只戴着项圈的猫
现在在哪里?还有这女孩?我会不会遇见她
那些脸上涂红胭脂杵着拐杖老妈妈中的一位?
但是这张脸,小狮子鼻,圆圆的脸蛋
令我感动,完全是半夜惊醒时候
在枕头旁边蓦地一眼看到的小脸。
这里没有猫,它在书中,画里的那本书。
女孩也没有,虽然在这里,在我面前,
一直没有消失。我们真实的会见
是在儿童时期的疆域:被称为钟爱的奇迹,
触摸的一闪念,天鹅绒中的猫咪。

伯克利 一九八五

抹大拉的马利亚和我

耶稣通过祷告从抹大拉的马利亚
身上驱逐出来七个不洁的恶鬼
在空中乱飞,像蝙蝠那样歪斜,
与此同时,她一条腿缩回,
另一条在膝盖处弯曲,她坐着
细看脚趾和凉鞋鞋带,
好像第一次看到这样奇怪的东西。
她栗色的头发弯弯形成发卷,
遮盖了她后背,后背强壮,几近威猛,
发卷铺在穿了深蓝色上衣的肩膀,
上衣下面的裸体发出微弱磷光。
她的脸形沉重,颈部收缩
低沉、沙哑、几乎粗糙的嗓音。
但是她没有说话。永远保持在
肉体因素和另外一个因素——
希望之间。在画面的一角
画家留下姓名的首字母:他心里眷恋她。

伯克利 一九八五

骷　　髅

抹大拉的马利亚面前,昏暗中
一个骷髅泛出白色。这团枯骨
是她哪个情人的,她不费猜想。
她保持这个姿态,沉思百年,又一个百年。
沙漏里的沙子沉睡,因为她看见
肩膀上感受到他一只手的触摸,
然后,拂晓时刻,她惊呼:"夫子!"
我收集这骷髅的梦,因为我就是它,
强力、热恋、在花园里忍受,
在黑暗窗户下面,不确知
她秘密的极乐属于我,还是别人。
狂喜,海誓山盟。她都不太记得。
只有那一时刻延续,不能消除,
当时她几乎是在另外一侧。

伯克利　一九八五

陶　罐

尊敬的蝾螈们，现在我凭借知识
接近你们居住的陶罐
看着你们垂直浮上水面
还露出你们的腹部的绯红颜色，
火焰色泽，展示你们和炼丹术士——
那在火里生活的火蛇的亲缘关系。
大概我是为此在松树之间一个池子里
捕捉了你们，四月天上的云朵飞奔，
我把你们带回城市，令人自豪的战利品。
你们消失已经很久，我时常猜测
你们当时的生活不知何谓小时和岁月。
我对你们说话，给你们带来存在，
甚至在语法王国中的名字和称谓，
通过词尾变化保护你们不受虚无侵袭。
我自己无疑受到神灵摆布，他观察我
把我投放到某种超语法的形式，
但是我等待，希望他们抓住我把我带走
我得以长生，像炼金术士火焰中的火蛇。

南哈德利　一九八五

万圣节前夜

在我最喜欢的月份的深沉寂静之中,
十月(枫叶的深红,橡树的青铜,
这里那里白桦树的闪亮金黄),
时间在这个月的停滞,我十分欣赏。

死者辽阔的国度在一切地方显出:
林荫路拐弯之后,公园草坪的后面。
但是我不必进入,没有得到呼唤。

快艇靠岸,小径路面撒满松针,
河水在昏暗中流淌,对岸不见亮点。

我去参加鬼魂和巫师的舞会,
一批到会的人戴面具和假发,
在生者合唱声中跳舞,不辨是谁。

南哈德利　一九八五

这一个

一条山谷，上方是浸染秋色的森林。
一个游人来到，导游就是地图
或许是记忆。有一次，很久以前，阳光灿烂，
下过初雪，他前往那里，
感受到了喜悦，十分，没有原因，
眼睛感到的喜悦。一切都有节奏
向后移动的树木，空中的飞鸟，
水道上面的火车，动感的盛宴。
多年之后重返，不为什么目的。
只有一点，极为宝贵的经历：
纯真地、朴实地观看，没有名称，
不怀期待、忧虑和希望，
到达了我和非我消失的那一条窄线。

南哈德利 一九八五

忏 悔

上帝啊,我喜欢草莓果酱
和女人肉体的醇厚的甜蜜。
还有冰镇的伏特加,配橄榄油的青鱼,
香料,有肉桂和丁香。
我是什么预言家?鬼魂为何访问这样的人?
有许多先知名副其实,值得信赖。
有谁会信赖我?因为他们看见我
扑向美食,不断干杯,
贪婪地盯着女招待员的脖子。
有缺点,我自己也知道。好大喜功,
无论伟大何在,都能够寻得。
但是有明鉴的能力还不够,
我知道给我这样卑微的人剩下了什么:
短暂希望的盛宴,权贵傲慢者的聚会,
驼背者的比赛:文学。

伯克利 一九八五

给扬·莱本斯坦因

当然我们有很多共同之处,
我们都在巴洛克风格的城市里长大,
从不过问是哪位国王建造了教堂
过了一天又一天,不管什么公主
住宫殿,建筑师、雕刻家姓甚名谁,
从哪里来,凭什么誉满天下。
我们喜欢在一排装饰廊柱前踢球,
跑着经过凸窗和大理石楼梯。
后来,树荫多的公园里座椅更亲切,
超过头上成群的石膏天使。
但是有些爱好保存下来:对曲线的喜爱,
火焰般对立的螺旋上升装饰,
让我们的妇女穿上丝绸的上衣,
给骷髅的舞蹈增添光彩。

伯克利 一九八五

和她同在

在那不存在的国家里我母亲
患关节炎而肿胀可怜的双膝——
我在我七十四岁生日那天想到她的病痛,
当时正在伯克利圣抹大拉马利亚教堂听晨祷。
这个礼拜日阅读智慧书,
得知上帝没有制造死亡,
不为生者绝灭而高兴。
阅读福音书之一的《马可福音》,
他对一个小姑娘说:"大利大古米[1]!"
这是对我的言说。让我从死者中复活,
还重复在我以前生活的人怀有的希望,
在惊惧中和她在一起,和她临终前的痛苦
在格但斯克城下的村庄,昏暗的十一月,
当时那些凄惨的德国人,老人和妇女,
还有从立陶宛来的难民都患伤寒而死去。
和我在一起,我对她说,时间不多了。
你的话现在就是我的,在我心灵深处:
"我觉得,一切都是一场梦。"

一九四五年,在第二次世界大战结束后居民大迁移的时候,我们一家离开立陶宛,来到格但斯克

---

[1] 意为:闺女,我吩咐你起来。

郊区，被安置在原属于一个德国农民家庭的住宅里。那个住宅里剩下的一个德国老太太正好患伤寒，没有人照料。我母亲不顾大家的劝说，照料她，染上伤寒而死去。

伯克利　一九八五

老妇人

患关节炎弯腰驼背,身披黑衣,细长的腿,
她们拄着拐杖走动,走向祭坛,
全能者在金光朝霞中伸出两个手指。
全能者显示力量的、光辉的面容,
他创造了一切,地上、天上的一切,
他给出原子和星系的尺度,
他上升到仆人包裹了围巾的头部上方,
而她们皱缩的嘴唇接受他的躯体。

镜子、睫毛油、脂粉和唇膏
诱惑了她们每一个人,她们按各自的方式
穿衣,增加自己眼睛的亮光,
增强眉毛拱形的线条,加深嘴唇浓艳的红色。
在河畔密林里敞开爱情的胸怀,
内心里珍藏了情郎的俊美,
我们的母亲——对你们我们从没有做出报答,
因为忙于启航,在各个大陆旅行。
我们感到内疚,寻求她们的谅解。

终生受苦,他挽救
朝生夕死的蛾子,清冷中羸弱的蝴蝶,

母亲及其子宫里愈合的疤痕,
带领他们去见上帝的人类生母,
让可笑和疼痛化为尊严
后来功德完成,没有魅力和色彩,
我们在尘世的爱情,永不完美。

         罗马　一九八六

天堂应该怎样

天堂应该怎样,我知道,我去过天堂。
在天堂的河畔。聆听天堂百鸟歌唱。
在天堂的季节:夏天日出之后的不久。
起床后奔向我的一千件作品,
花园是世外的,全靠想象。
我的日子都花费在写诗炼句上面,
意识不到我遇到了什么事情。
我努力,不懈地寻求
词语和表达方式。我想,血液的流动
在那里是否还是胜利、是凯旋,
我想说,属更高的等级。紫罗兰的芳香,
金莲花和蜜蜂,还有轻声嗡嗡的瓢虫
或者所有这一切的精神,都比这儿更强,
必定呼唤我们注重核心,万物迷宫
后面的中心。因为精神从无限者那里
索取魅力、好奇心、许诺,他如何能够
停止探索?但是我们珍重的沉寂在哪里?
毁灭我们、拯救我们的时间在哪里?
这一切对我都是太难的问题。永恒的寂静
不可能具有清晨和傍晚。
这一缺憾足以对它提出反驳。
神学家的牙齿也许咬不动这颗坚果。

罗马　一九八六

希腊咖啡馆

二十世纪八十年代,在罗马康多迪大道,我和图罗维奇坐在希腊咖啡馆里,我说过类似下面的话:

我们见多识广,领悟颇多。
国家多有消亡,变化沧桑,
人类精神的妄想把我们堵塞,
迫使人们死亡或者遭受奴役。
罗马的燕子在清晨唤醒我,
我感觉到脱离自我之后带来的
短暂和轻盈。我是谁,原来是谁
都不十分重要。因为其他的人
精神高尚、伟大,只要我想到他们,
他们就给予我支持。存在的种种等级,
那些证实了自己信仰的人们,
虽然他们的名字被涂抹、掷地践踏,
他们却继续照拂我们。他们给了我们尺度,涉及
著作、期望、计划,我要说,还有审美的尺度。
文学拿什么来拯救自己,
难道只有颂扬的声诗,
赞歌,尽管是违心之作?我钦佩你
因为你的成就多于我的一些同伴,
他们是傲世的天才,曾坐在这里。

我原不理解他们何以为缺少美德而悲哀,
何以备受良知的责咎,现在我已经理解。
随着年龄增长和二十世纪的过去,
人更珍惜智慧的贶赠,以及简朴的善。
你我久已阅读的马利丹
会有理由感到欣慰。而我感到惊喜,
罗马城依然屹立,我们在这里重逢会见,
我还活着,我,和这些飞燕。

          罗马 一九八六

但是还有书籍

但是书籍将会站在书架上,此乃真正的存在,
书籍一下子出现,崭新,还有些湿润,
像秋天栗子树下闪闪发亮的落果,
受到触摸、爱抚,开始长时生存,
尽管地平线上有大火,城堡在空中爆破,
部落在远征途中,行星在运行。
"我们永存。"书籍说,即使书页被撕扯,
或者文字被呼啸的火焰舔光。
书籍比我们持久,我们纤弱的体温
会和记忆一起冷却、消散、寂灭。
我常想象已经没有我的大地,
一如既往,没有损失,依然是大戏台,
女人的时装,挂露珠的丁香花,山谷的歌声。
但是书籍将会竖立在书架,有幸诞生,
来源于人,也源于崇高与光明。

伯克利　一九八六

和妻子雅妮娜诀别

加追悼的妇女把她们这个姐妹交付火焰。
这火焰和我们一起观看过的火焰一样；
她和我，婚姻保持延续漫长几十年，
维系婚姻的是同甘共苦的誓言，火焰
在冬天的壁炉里，篝火，燃烧的城市的火焰，
作为元素的纯洁的火焰，始于地球的形成；
火焰正拿走她灰白的头发，
抓住她的双唇和她的颈部，把她吞没；
人类的语言把爱情比喻成火焰，
我想不到什么语言。或者祷告的书文。

我爱她，虽然并不知道她究竟是谁。
因为我追逐幻想，常常给她带来痛苦。
背叛她和别的女人有染，虽然只忠于她。
我们经历了许多幸运和不幸，
多次离别和奇迹般的拯救。而现在，这里留下了骨灰。
海水拍打海岸，我在空荡的林荫道行走。
海水拍打海岸。人之常情的感受。

怎样才能抵御虚无？如果记忆不能延续，
有什么力量能够保存已往的一切？

因为我记住的事不多。我记住的事很少。
实际上，复原的诸多瞬间也许是最后的审判，
大概宽恕把审判一天一天地向后推延。

火焰乃是摆脱重力。苹果不会落在地上。
大山从原地移动。在火焰的帘幕后面
羔羊站在草地上，草地形象不可能摧毁。
灵魂在炼狱中燃烧。赫拉克利特，疯疯癫癫
看到火焰销毁世界的根基。
我是否相信起死回生？回生不是始于这灰烬。

我大喊，我恳求：诸种元素，你们解体！
升起融入他者，让它来临，王国！
超越尘世的火焰，你们重新组合！

伯克利 一九八六

神

虽然信仰不坚,我却相信威力与神灵
这些东西充斥了每一厘米的空间。
他们监视我们;不可能没有人监视我们。
你们试想:某种宇宙景象,绝对无人?
证据是,只有我的意识。意识脱离了我,
在我上方、其他人上方、大地之上翱翔,
和神力有最明显的亲缘关系
像他们一样善于监视,脱离羁绊,
他们帮助我们、损害我们,凭什么条件,
还是得允只观望我们,有谁知道。
他们嘲笑,他们怜悯。似乎很有人性,
但也超越人情:因为没有一天、一年、
一个星期管束得了他们。幼儿园、体育场
是他们喜爱的地点。少年、少女,在奔跑,
投球、他们将来成为什么人,那模样
都画在脸上、姿势之中。忽而珠光宝气,
浓妆艳抹、睡意蒙眬,嘴上挂着烟圈,
或者穿上白色围裙,戴着轻纱面巾,
或者白衣遮胸哺乳。他们带着雄鸡一样的傲气
到会,大腹便便的权力玩家,海量
豪饮,眼目无光。大床,绒毯,他和她
虽不理解,却也爽快,算是急就章。
我的猫咪。忠诚的小狗。小蛤蟆。
绿色的青蛙。小熊维尼。小兔兔。

他们的言语一成不变，得到童话故事的营养。
这与神有什么关系？纯洁的灵魂怎能从核心
理解提香式颜色粗糙头发的气味和触摸的感觉？
让我们假设他们能够。但是他们觉得是暗黑的
就是墓园。墓园倾斜面向大海，
在树木后面显出蓝色，或者面对日出，
或者平坦，在灰色河水对岸。一去不返
之物的完美。完全的他者之性格
对于意识领域存在物令人厌恶，
也因为如此有诱惑力，重要
剩下的就是反复提出的"为什么"这个问题。
因而神灵在墓碑中间游动、绕圈，
"是谁命令他们死去？这是谁的需要？"
他们呼喊，在不懈的惊诧中思索。
因为他们的思想明确，趋向于和谐，
熟悉理想的形体，尊重秩序，
秩序中存在的一切应该永远延续。

           伯克利　一九八六

美丽的年代[1]（一九一三）

西伯利亚大铁路

我乘西伯利亚大铁路列车到达克拉斯诺亚尔斯克，
同行的有立陶宛人奶娘和母亲；一个两岁的世界公民，
我享有有福分的欧洲时代。
父亲在萨彦岭山脉中猎红鹿。
艾拉和尼娜在比亚里茨海滩跑跳。

是的，这是一九一三年的事。当时，以往的一百年被认为不过是真正欧洲的甚至宇宙时代的前奏而已。法国的黄色封面小说在多瑙河上、维斯瓦河上、第聂伯河上和伏尔加河上，都有读者。迈高米克收割机在乌克兰的田野上开动。对于刚刚起步的美学家们来说，奥斯卡·王尔德是最伟大的名字，而青年叛逆者们则把沃尔特·惠特曼看成得到解放的群众的先驱者，而巴黎的放荡青年则从《俄国芭蕾舞》和陀思妥耶夫斯基的小说中求解斯拉夫人谜一般的灵魂。受过良好教育的诗人一次又一次地从维也纳出发前往神圣城市莫斯科朝拜，为了在那里听到钟声。由许多国家构成的会社夏天都在马里恩巴德或者蔚蓝海岸的水域

---

[1] 原文为法文，*LA BELLE ÉPOQUE*。

聚会，许多家庭把患肺结核病的子女送到达沃斯的疗养院。诗人开始赞美国际特快列车，其中有一位还写了长诗《西伯利亚大铁路的散文》。这样，在彼得堡，我的一只脚踏上了涂了黑亮油漆的汽车的踏板，后来又穿过乌拉尔山，可以说我是和世纪精神合拍的。当时，里加工学院毕业生，青年工程师亚历山大·米沃什，在萨彦岭支脉大密林里狩猎；在这里，在上游的叶尼塞河流出山谷向北流去，奔向平原和北冰洋。那是西伯利亚野鹿发情的时候，其呼叫声在布满森林的山坡引发出回声；那里柠檬黄色的桦树和深绿色的松树形成对照。这位年轻人腿脚灵敏，轻易跳过布满苔藓的石块，欣喜呼吸秋天清凉的空气。现在我差不多和他相仿，感觉到大步行走的灵活，手臂的摆动，在射击的时候感到有把握击中目标。也许因为我们都是同一个物种的一部分，我们的经验颇多共同之处，足以令我在片刻之间变得和十五岁的艾拉一样，跑去迎接大西洋呼啸扬起的浪涛。或者她裸体站在镜子前面，散开黑色发辫；她长得好看，她意识到自己好看，触摸胸部上的两个褐色小圆盘，于片刻之间得到启示，这些启示把她从迄今所受到的一切教导中解脱出来：欠身、鞠躬、水手领巾、裙子、餐桌上的礼仪、家庭女教师、卧铺车厢、把胡子梳成标枪形的男人、可归类为女士或者娼妇的穿胸衣和撑腰架的女人；教义问答、忏悔前列出的罪过清单、音乐课、法语动词、假装出来的天真、对仆人的客气、自己嫁妆的数目。这其中的启示就是：一切都不是如此，因为的确是完全不同的。不对任何人说起，只对自己说已经足够。自己触摸自己多好，什么也不要相信他们，而且所到之处，在阳光下，在海面云朵上方、在推向海岸的潮水轰隆声中，在自己的肉体中来感受：这是完全不同的啊。

伯克利　一九八五

乌拉尔山以东

一天又一天,还是大平原。群山过后还是平原。
茶炊里开水响声不断。商人在自己的包间
喝茶,用图画鲜艳的木质茶碗。
地质学家瓦乌耶夫对我母亲大谈在蒙古的挖掘。
然后进入和彼德森没完没了的争论,
母亲听不懂,虽然曾上过学,
在克拉科夫听过兹杰霍夫斯基的报告。

阿克尼亚和维莱提亚兄弟会
在里加于午夜游行庆祝。
美丽的母亲也在那里,她喜欢美酒,
当时正怀着我,也许影响了我。
现在她穿越乌拉尔山(我的奶娘
来自凯单省,呼喊:"山像使徒屹立!")
去会见丈夫("会见丈夫",听着新鲜!)。

瓦乌耶夫:
没有人需要真理。人不容忍真理。
真理不适合于人,快跑,躲避,
进入缭绕的高香、圣像、教堂的哼唱,
进入自己虚假的善心、遗物、传说,
和他人在一起,他们像你一样假装。
但是都有下场。延续几百年的事也在消亡。

海岛和大陆的萨满喋喋不休、语焉不详,
但是唤醒不了、唤醒不了悲惨的亡灵。

我看见发霉的祭坛,寺庙变成博物馆,
听见凯旋的歌声,但他们不知道那是悲悼哀歌。
面对"完了"时候的亮光直揉眼睛,
寻觅打碎的有善恶字样的石碑。
而高贵的思想在说:注定倒下的就让它倒下。
让新部落接受赠礼,自己的死期。
让他们统治大地,在废墟上跳舞欣喜。

彼德森:
青少年的情节剧歌曲。一曲即将完毕
另一曲尚未开始。但是必定要开始。
我们要结束宗教。还有哲学和艺术。
因为死亡的恐惧催生了哲学和艺术,
哲学和艺术,长生不死的众神都不需要。
人类从盗窃天火开始,
很快要重新塑造自己,
清晰看见自己的目标,和人的伟大成正比:
取得战胜死亡的胜利,自己成为众神。
诺言必将实现,逝世者起死回生。
我们的父辈、千代万代死者都将再生。
我们人类要住满金星、火星和全部行星。
幸福善良的人不再唱哀歌。

瓦乌耶夫:
为什么善良?

彼德森：

因为邪恶，或者利己主义，都来源于生命的短促。谁有无限的时间，就不再损人利己。

瓦乌耶夫：

噢！

彼德森显然熟悉尼古拉·菲奥德罗维奇·菲奥德罗夫（一八二八至一九〇三）的著作，这位作者预言了科学将取得这样的进步：人将不再是必死的存在。于是，人的主要道德任务就是运用科学复活自己的先人，亦即以往在大地上生活过的、全部的人。

瓦乌耶夫和彼德森都在一九一八年被处决。

首 演

乐队拨弦试音,准备演出《春之祭》。
你们可听见木管乐进行曲,铙钹和鼓的敲击?
狄俄尼索斯返回,遭受长久流放后他回归了。
加利利人的统治结束了。
他变得越来越苍白、没有实体、像是明月。
他在褪色,留给我们黑影般的大教堂
及其彩色玻璃的着色的流水和迎接圣饼的手铃。
高尚的拉比宣告,他将长生不老,
还要拯救自己的挚友,从灰烬中把他们复活。
狄俄尼索斯到来,在上天的废墟中间闪现出橄榄金色。
他的呼唤,尘世狂喜的声音,被赞颂死亡的回声带来。

伯克利 一九八五

北方航线

探险家弗里德约夫·南森的名气很大,他出现在"正确号"轮船上一事足以使得这次航行引人注目;这艘船在一九一三年夏天沿北方航线从挪威前往西伯利亚。这不是沿着亚欧大陆北方海岸的第一次航行,但是挪威西伯利亚公司予以资助,希望这会是该年度航行的第一次。船长是约翰·萨姆尔森,冰上舵手是汉斯·约翰逊,甲板上的客人是西伯利亚公司董事长约纳斯·里德,俄国驻克里斯蒂安尼亚大使馆秘书约瑟夫·格里格罗维奇·洛里斯-梅利科夫,工业家斯捷潘·瓦西里耶维奇·沃斯特罗金和弗里德约夫·南森。南森叙述他西伯利亚之行的著作英译本于一九一四年出版。他在书中说:

"西伯利亚未来的机遇几乎可以说不可限量;但是这些机遇遇到了各种困难,主要是距离遥远。在西伯利亚中部,无论是向西通往波罗的海的铁路,还是向东通往太平洋的铁路都十分漫长,使得该国主要产品,例如粮食、木材等等的运输都不可行,因为运送到市场的费用可能轻易会等同于货物本身的价值。

"在叶尼塞河河口和欧洲之间,尽管有冰面,但是如果能够建立定期的航行,那么在未来大量的产品就可能通过这条比较廉价的航线运输,这对于整个西伯利亚中部的发展都具有最重大的意义。因此,这个国家的居民都密切注意能推动这一事业的一切活动。虽然我们未必知道——至少我就是这样的——但是很多双眼睛无疑是注视着我们的航行及其成果的。"(弗里德约夫·南森:《穿越未来的国度西伯利亚》,纽约,伦敦,一九一四)

蝾　螈

我认识他们。他们都站在"正确号"
汽船甲板上,当时船进入了叶尼塞河河口。
面色黝黑,身穿汽车驾驶员皮外套,
这是洛里斯——梅利科夫,外交官。胖子是沃斯特罗金,
一个金矿的老板,和杜马代表。
他们旁边一个消瘦的金发男人,是我父亲,还有很瘦的南森。
照片挂在我们在维尔诺的寓所。
波德古尔纳大街五号。旁边
是我养蝾螈的罐子。十年间
会发生什么事?世界的结束,还是开始?
先说我父亲。我不知道他为什么
在一九一三年夏天长途旅行来到
这北极光阴郁的荒原。时间和地点
何等的混乱。现在,在这里我感到不安,
在加利福尼亚春天,因为事物都不协调。
我要什么?要它生存。是什么?已经失去的东西。
甚至你的蝾螈?是的,甚至我的蝾螈。

清晰的头脑

"但是,他们啧有烦言,因为完全没有事做,因为他们的生活懒散。除了阅读,他们无事可做。在那里,没有给他们安排工作。他们也许至少在狩猎中找到一些乐趣,但这是不可能的,因为流亡者不准带枪。唯一可做的事是钓鱼,还要看机会,不然他们就必须让夏天和冬天都在不知不觉中过去,直到他们的时间耗尽,他们又获得返回自由的生活和世界。"(弗里德约夫·南森:《穿越未来的国度西伯利亚》)

> 人类的领袖,高尚的革命家
> 向水面投掷石块,观看叶尼塞河的激流,
> 弹吉他,自学各种语言,
> 阅读《资本论》,一面打哈欠,一面等待。
> 对胜利有信心。神人即将到来,
> 他的头脑清晰,和二二得四无异。
> 抛弃无关紧要的,对准目标,
> 目标就是权力。不是国王和皇帝的权力。
> 而是全部的大陆和海洋。他要统治
> 地上和天上一切的活物。
> 复仇者和教育者。那里,在各个首都,

让昏昧的动物沉睡,根本不知道
给它们准备了什么。同情心与他无关。
需要训练迟钝和懒散的庸人,
直到他们在恐惧、驯服和希望中
丧失作为藏身之地的人性,
虽然人性从未有过。直到面具坠落
他们进入高天,已被痛苦改变。

巴黎场景

"后来,在她们进来的时候,他一个一个地告诉我她们的名字,她们都是这里的常客:卢西恩,甜蜜而文雅,行动像一个影子,一言不发;迷人的爱丽丝,嘴唇上总是挂着微笑;高大的姚兰德歪戴着高帽子,属于我们的俱乐部;安德莱很尊严,捏一下手,不紧握;弗噜噜……窸窸窣窣裙子的风雨声,受惊小鸟的细碎叫声……这是让娜来了,帽子上插了一根红色羽毛。她在咖啡馆大厅里走过的时候,那里一切都颠倒了,于是她上了到二层的楼梯,消失了。"(巴黎报纸剪报一则,参见勃莱兹·桑德拉尔:《未编辑的秘密》)

泰坦尼克号

"平安无事,世界走在康庄大道上。的确,还是时时发生灾难,例如约翰斯顿的水灾、旧金山的地震或者中国的水灾,虽然搅动了昏昏欲睡的世界,却还不足以阻止世界返回沉睡。我觉得,即将发生的灾祸,作为事件,不仅会使得世界揉揉眼睛苏醒,而且会强烈唤醒世界,从此给世界带来一种迅速加快的推动,带来的满足和幸福则越来越少。在我看来,今天的世界是在一九一二年四月十五日苏醒的。"(约翰·泰耶尔,泰坦尼克号旅客幸存者之一,参见温·克莱格·韦德:《泰坦尼克号:一场大梦的终结》,一九七九)

这些事件,是他们得知的灾祸和他们不想知道的灾祸。在宾夕法尼亚州约翰斯顿,一八八九年的水灾夺走了两千三百人的生命;在一九〇六年旧金山地震中,七百人死亡。但是他们没有注意到意大利西西里岛墨西拿(一九〇八)和大约八万四千名牺牲者,也没有注意到日俄战争。这是不足为奇的,因为在一九〇五年以后,甚至西伯利亚大铁路的旅客也没有想到过千千万万被杀害的人滚进黑龙江的浊流当中,也没有想到很多船只在对马岛海域沉没,传来卷入海浪中水手们的高声呼喊。遗留下来的只有华尔兹舞曲

《在满洲里的青山上》,是配有大喇叭的沙哑的留声机播放出来的。

> 越来越大,越来越快,越来越完美。
> 直到建造出开天辟地以来最大的轮船。
> 她的功率,五万马力
> (想象力呈现出一个庞大的马队,
> 五万匹马拉动金字塔般的战车)。
> 大船出发做第一次航行,
> 报纸上又大又黑的标题宣扬
> 永不沉没的宫殿航行在大海上。
> 几百名仆役准备好,招之即来,
> 多处的厨房、旋梯、发廊,
> 所有大厅有电灯照明,如同白昼,
> 乐队频频奏出新式爵士乐,
> 满足穿晚礼服的太太老爷。

大船载有一千三百二十名客人,还有仆役和船组人员共二千二百三十五人。

午夜之后大约一点钟,一个轻微的摩擦声,像小刀割玻璃。
但是没有震动。机器骤然停工。一片寂静。
深夜虽然寒冷,但是晴明,灿烂群星,
海面平滑,海水像橄榄油。
和不大的冰山邂逅之后,

甲板开始歪斜——前倾。
很多睡下的人没有来得及穿好衣服。
那些坐上救生艇离开的人,
看见长长一排灯火通明的单间客舱
逐渐下沉,渺小的人体成队成群,
听见了音乐——那是乐队,身穿晚礼服,
站在扶手旁边,演奏祷告的圣歌,
祈求上帝的宽恕,平安和永恒的爱。
一切都在加速。四个蒸汽锅炉烟筒中的第一个
沉入水下,船尾上扬,
布满了人,船舵像一个大教堂
从海底突兀出现,悬在空中,
一道黑烟从内部冒出,
一切下沉,被柔和地吞没,
传来水下的呻吟,又像雷鸣。

然后是水面上呼喊的回声,
千人求救的呼唤。从远方飘来,
目击者说,像夏天蟋蟀的乐队,
起初声音大,后来逐渐微弱,
一小时后沉寂。他们没有溺水,是冻死,
披着救生衣凫水。他们死去了,人数
是一千五百二十二。还有一些在轮船航路上
被发现。例如一个妇女的遗体,
在帆下快速漂游——风吹起她的睡袍。

这是泰坦尼克号乐队演奏的圣歌歌词:

> 慈悲和富于同情的上帝,
> 怜悯地看看我的痛苦;
> 听听悲哀破碎的灵魂
> 俯趴在你脚下悲叹……
> 救起落进凶猛大水的我,
> 让我双眼仰望上苍——
> 正义和神性的救护,
> 平安和永恒的真爱。

言辞尖酸刻薄的约瑟夫·康拉德不赞成"陪伴溺水死亡的音乐"。他写道:"但愿泰坦尼克号乐队在平静中得救,而不是在演奏的同时被大水吞没——无论他们演奏的是什么乐曲,这群可怜的人。违心地被大水淹死,从一个出了漏洞、不可救药的大水箱(你花钱买票进入)下沉,这实在毫无英雄气概可言,比起吃了从食品店里买的坏三文鱼、在腹痛中平静死去,没什么差别。"

他们怕什么呢?为什么报纸上出现啊啊啊的长吁短叹、各种委员会、质疑、街头歌谣、小册子和一个不祥又伤感的传说?泰坦尼克号,一个时代的终结吗?因为再也没有安全感了吗?什么也保护不了他们吗?金钱、每晚晚餐前的换装、雪茄的芳香、社会进步不能?习俗、礼貌又忠实的仆人、学校里的希腊文和拉丁文、法律、教堂、科学——什么都保护不了他们了吗?有过什么东西提供过保护吗?无名又毫不宽容的死亡,能够避开吗?啊开化的人类啊!啊诅咒,啊护符!

伯克利　一九八五

惊恐之梦(一九一八)

奥尔沙是恶劣的车站。火车在该站可能停一昼夜。
所以,当时我六岁,在奥尔沙很可能迷失。
遣送移民的火车就要开动,快要把我留下。

永远留下。我似乎明白我会变成不同的人,
用另外一种语言写诗,另外一种的命运。
似乎猜测到在科雷马河河畔的下场,
那里的海底是白色,铺满了人的骷髅。
当时沉重的恐惧频频到来,
这将是我全部恐惧的肇因。

弱小者在强大者面前的颤抖。面对大帝国。
帝国频频向西行进,长弓、套索、来复枪在手。
乘三驾马车,从后面鞭笞车夫的脊背,
或者吉普车,头戴大皮帽,带着被征服国家的记录。
我只能奔逃,一百年,三百年,
脚踏冰雪,潜泳渡河,白天黑夜,越远越好,
在故里河畔留下穿洞的胸甲和装有国王赏赐的宝盒,
渡过第聂伯河、涅曼河、布格河、维斯瓦河。

最后我到达一个高楼大厦、十里长街的城市
感受到恐惧的压迫,因为我是一个乡下人
只能假装听懂他们十分精明的讨论
同时努力遮掩自己的失败和羞怯感。

这里谁给我饭吃,我在多云的早晨行走,
衣袋里的小钱只够买一杯咖啡,别的买不起?
我来自杜撰中的国家,有谁需要?

石头的墙壁,冷漠的墙壁,面目狰狞的墙壁。
不是我的理性,是他们的理性的秩序。
现在你得接受它,别再抵御。你再也无处逃避。

　　　　　　　　　　　　　伯克利　一九八五

黄昏中的无篷马车(一九三〇)

黄昏时候乘坐无篷马车。车辙磨损。
道路经过湖边平原的村庄。
屋顶紧靠在一起,草地上晾着麻布。
渔网散开,烟囱里冒出炊烟。

一片寂静。他们是谁?得到拯救还是受到诅咒?
坐下来晚餐,在主的圣徒肖像下面。
托马斯·阿奎纳在他那小室中不停
书写他们,那无疑是惩罚,他太善良。
我写作大概也是受罚。我要膜拜光明、
膜拜威仪,鞠躬行礼,如此而已。
而这里只有人群,他们的习俗,家园,
家庭不设防,每一年按照皇历过去。

  艺术家的目的:适度避免突发的喜悦和绝望;在过去的时候他长时间地处于这种状态。清晨早餐时候什么也不想,只想到去画室,那儿有钉好的画布在等待。在那里同时画几张画,对于画笔下面不意中出现的形象很感兴趣。他知道自己在寻找什么,追求什么。那是只看到一次的全部的现实,但是它又常常溜掉,其本质没有名称,迄今谁也没有触及。这一切都是要再现树木、风景、人物、动物,但是总是希望画笔自己遇到笔意。

除了画笔，还有书写之笔。也许有的人比较成功，有的人不太成功。湖边的茅屋从何而来，同时还有托马斯·阿奎纳？据说他在去世之前说："我写的一切，我觉得都是麦秆。"这应该理解为否定运用三段论努力构建的宏伟建筑，因为建筑太人性化，亦即不过是迷雾，在我们回顾观看的时候面对终极之物、几乎就在最高宝座之前的时候——不过是虚无。但是有谁知道，我们是否可以以绝对的愿望之名义放弃短暂的、须臾即逝的形式。我在青年时期没有预期日后会着迷于人、人在时间上的日常生存，一天，一年——这一天一年对于湖上的茅屋并没有什么好的预示。不行，不能直视太阳。另外一方面，我们也不能模仿美名大师托夫故事里王宫中的贵客，这些人忘记了他们为何到了那里。

> 哈希德派的故事
> 从不同的国家、省份，不同的村庄和城市，
> 我们应邀到了国王的官殿，
> 那里的池塘和花园令我们惊奇
> 还有鸟雀合唱和珍奇树木。
> 穿过许多房间我们看见
> 黄金、白银、珍珠和宝石。
> 几天几个星期也看不完。

宾客四散在整个宫殿里的一间间房间，
我坚持要寻找国王的房间。
有人带引。突然之间，一切
都消失不见。他是幻境制造大师，
是他凭空呼唤出来这辉煌灿烂。

         伯克利　一九八五

一九四五年

"你,最后一个波兰诗人!"他大醉,拥抱我,
先锋派的朋友,身穿长襟军大衣,
在东部度过战争时期,对东方理解得很多。

阿波利奈尔的诗歌不可能给他那些教导,
立体派的宣言和巴黎街上的市场也不行,
对付幻想的良药是饥饿、耐心和服从。

想象一下吧。二十世纪就要过去,
在他们的美丽首都的语言依然和人民之春的一样。
可是他们猜不透那些语言今后的意义。

在草原上,他用破布包裹流血的双脚,
注意到思想高超的那几代人空洞的自豪。
满目所见,是平坦的大地,尚未得到拯救。

每一个部落和民族上方都笼罩了灰色的寂静。
在巴洛克式教堂的钟声之后。在手握马刀之后,
在对自由意志和议会合理性的争论之后。

我揉揉眼睛,感到可笑,而且要造反,
我一个人和耶稣马利亚一起反抗难以战胜的强权,
虔诚祷告的、镀金雕像和奇迹的后代。

我还知道我会用被征服者的语言说话,
比起老习俗、家族沿袭的礼仪、
圣诞树上的饰物和年年播放的欢歌并不持久。

　　　　　　　　　　　　　伯克利　一九八五

诗体讲座六次

讲座一

怎样对你们叙述？请你们看哪些纪事？
请想象一个年轻人，在湖岸行走
在一个酷热的下午。透明的蜻蜓
悬停在茅草上方，一如往常。但是该来的
还没有来到。请注意，什么也没有。
或许可能有，但是尚未完成：
躯体命定受伤，城市命定毁灭，
数不胜数大众的痛苦，各有不同，
造焚尸炉的水泥，被瓜分的国家，
凭抽签决定杀手——你、你，还有你。
是的。喷气式飞机。半导体。录像机。
宇航员登月。他在行走，但不知道。
他走进小海湾，一片小沙滩。
休假的人们在那里日光浴，
先生们女士们都无聊之极，
谈论桃色事件、桥牌和新式探戈。
这个年轻人就是我。当时是我，如今还是
虽然过去了半个世纪。我记得，也不记得
他和他们的龃龉。他与众不同，另类。
他脑中的囚徒，他们离开，不知所终，
他藐视他们，当裁判，旁观。
这样，青春少年的病态

预言了一个时代的弊病,
这个时代下场不良。对此若没有意识
就该受到惩罚:他们只想着活下去别无其他。

波浪,沙砾上的些许芦苇,白云。
水面对岸是村庄的屋顶、森林和想象,
里面有犹太人的小镇,火车驶过平原。
深渊。大地在摇曳。现在摇曳仅仅因为
我在这里打开了时间的迷宫,
似乎知道就等于理解,
窗外蜂鸟是否正在表演舞蹈?

我本该做到。做到什么,在五十五年以前?
生活在喜悦之中。和谐之中。信仰之中。平静之中。
似乎那是可能做到的。后来却只有惊愕:
他们为什么不聪明一点?事态的发展现在看来
不就像因与果的关系?不然,这也可疑。
凡是当时呼吸过的人,都有责任。
呼吸了空气?非理性?幻想?理念?
和当时在那里生活的每个人一样,我不知道。
年轻的莘莘学子,这是我坦诚的表白。

讲座二

温柔的母亲和姐妹,妻子与情人。
请想一想她们。她们生活过,有名有姓。
在亚得里亚海温暖的沙滩上,
两次大战之间,我见到一个绝美的姑娘,
在转瞬过去的一刻,我真想拦住她。
她修长的身材被丝绸泳衣紧抱
(在人造纤维时代以前),靛蓝色,
或者佛青。眼睛是紫罗兰色,
头发是金色,有一抹灰褐:贵族家千金,
或许骑士家族,步态显出信心。
发色亮丽的少年,和她一样出众,
是她的仆从。西格里德或者英格,
家里有雪茄芬芳、殷实、整洁。

"你先别走,疯了吗?细心观赏
教堂的雕刻,大教堂的镶嵌,金色的光环,
留下,充当太阳落山时候水面的回声。
别亏待自己,不要轻信。不是名声荣誉
召唤你,是装模作样的杂耍,你那部落的礼仪。"
我可能这样对她说。一种精神?一个个人?
不可重复的灵魂?出生的日期
和出生的地点,都宛如一个星座
控制她的未来?让爱情,让
顺服的美德引导她服从习俗?

但是，但丁看错了。情况并非如此。
判决是集体性质的。永恒的谴责
必定是落到一切人身上，是的，一切人头上。
这大概是不可能的。耶稣也会面对
有花卉的茶杯、咖啡、哲学会议、
风景、市议会塔楼大钟的响声。
他不能说服人，他贫穷、眼睛黑色、
鹰钩鼻、全身的服装不洁，
那是囚衣或者奴隶粗衣，属于无家可归那类，
国家抓捕和处理他，是正当的。
现在我知道得颇多，我必须宽恕
自己的罪过，罪过和他们相似：
我想和他们同等，永远像他们一样，
堵住耳朵，不听预言家的呼唤。
因此，我理解她。一个舒适的家，一片绿园，
从地狱深处传来巴赫赋格曲的声音。

讲座三

贫穷的人们在火车站地板上过夜。
配有护耳的帽子、头巾、棉袄、羊皮外套。
并列着睡觉,等火车。门缝透进来冷风。
新到的人进来,抖落身上的雪,又带来了泥泞。

我知道有关斯摩棱斯克和萨拉托夫的知识对你们没用。
那更好。只要能做到,就避免
表示同情,这是一种想象的疼痛。
所以我不讲细节。只提个片段,概略。

他们驾到。检查员。三个汉子一个娘们。
长筒皮靴的皮料柔软,一级的皮革。
外套的毛皮昂贵。动作沉稳、带着傲气。
皮带牵着牧羊犬,德国种。看那个娘们,
粗壮,有点困倦,刚享尽床笫之欢,
戴着大檐帽,向上翻白眼,不屑一顾。

她不是已明确指出权力属于谁,
在这里谁会得大奖?意识形态奖,
如果你一定要问。因为这里一切
都不透明,都总是有礼仪套话的包装,
虽然恐惧是真实的,人民服帖,
这四个人又从哪儿来,冒着暴风雪,
集中营真实的铁丝网,还有瞭望塔。

在一九三五年春天巴黎保卫文化
会议上，我的一位大学同学
马尔堡的龚特尔，游历欧洲
低声轻笑。他崇拜斯特凡·乔治，
写诗歌颂骑士的美德，
随身带着尼采的袖珍本著作。
后来死了，大概是在斯摩棱斯克城下。
是谁的子弹？来自在这里睡眠的一个人？
带警犬的看守？铁丝网后面的囚徒？
这个娜佳或者伊莉娜？关于他们，他一无所知。

讲座四

面对现实,我们有何计可施?现实在词语里?
刚闪烁一下就已经消失。无法统计的生命
从来没有人记起。城市只在地图上面,
市场旁边住宅楼一层窗户里没有人迹,
毒气工厂附近灌木丛中没有的那两位。
四季轮流返回,山中的白雪,海水,
蓝色的行星地球自转不息,
有人沉默,曾在大炮炮火中奔跑,
伏倒在地面紧贴泥土,为了自保,
有人在凌晨被从家里驱逐带走,
有人从成堆的流血尸体下面爬出。
而我在这里讲授忘记的哲学,
奢谈痛苦终将过去(因为是他人的痛苦),
思想里却还要营救雅德维佳小姐,
一个驼背小姑娘,图书馆馆员,
在一栋公寓楼避难时死去。
都认为在那里避难安全,却中弹倒塌。
没有人能够挖穿整块墙壁,
虽然后来几天都能听见敲打声和呻吟。
这样,一个名字丧失,永远地,无法追回,
她生命最后的几个小时无人得知,
时间把她置入上新世地层。
真正的敌人是概括化。

真正的敌人,所谓的历史
吸引人、恐吓人,全凭它的大数字。
不要相信。历史狡诈、反复无常,
像马克思告诉我们的,它不是反自然,
历史如果是女神,也是盲目的命运女神。
雅德维佳小姐的细小骷髅,她心脏
跳动的地点。我仅提出这一点
反驳所谓的必然性、法则和理论。

讲座五

耶稣基督起死回生。凡是相信这一点的人
行动都不应该像我们这样：
我们丧失了上下、左右、上天与深渊之分，
竭力地整天胡混，在汽车里，在卧床上，
男人和女人缠绵，女人缠住男人不放，
倒下又爬起，不嫌麻烦，摆好咖啡，
面包抹好黄油，一日开始，混到天黑。

又一年过去。到了互送礼物的时期。
圣诞树彩灯闪亮，花环，圣歌圣乐，
对我们长老派、天主教徒和路德教教徒，
坐在教堂座椅上和他人一起歌唱，
表示感谢我们大家又在一起，
对上帝的赠礼做出回应，现在，和永世。

我们欣喜，我们都得以豁免不幸：
书报报道制造不幸的国家，
不自由的人在国家偶像前下跪，不断念叨
国名，活着和死去，却不知自己不自由。
无论如何，我们总是有这本圣书，
里面有奇迹的符号、劝告和指导。
确实有不健康之处，与常识相悖，
但是这一切存在于沉默的大地，足矣。

这像是在山洞里温暖我们的火焰,
而在外面是寂然不动的繁星冷光。

神学家保持沉默。而哲学家
甚至不敢动问:"什么是真理?"
就这样,在两次大战之后,依然犹疑,
算是出于好意,却又不是全心全意,
虽然举步维艰,仍然怀有希望。现在让每个人
坦言:"起死回生?""我不知道他是否再生。"

讲座六

无限的历史在这一瞬间依然在延续,
此刻他在掰开面包,畅饮美酒。
他们出生,他们有各种欲望,他们死亡。
上帝啊,人多得无法想象!这怎么可能——
他们都活过,现在又都消亡?

女教师带引一小队五岁大班生
来到博物馆的大理石大厅。
安排他们坐在一张大绘画前面,
有礼貌的小男孩和小姑娘。
开始解说:钢盔、长剑、众神、
山峦、白云、老鹰、闪电。
她真有见识,他们第一次发现。
她细弱的嗓音、她女性的器官、
彩色连衣裙、雪花膏、细小装饰品
都获得了宽容。什么没有获得宽容?
没有知识,对无辜者漠不关心
会遭到报复,引发判决,如果
是我当法官。我不会,我不是法官。

大地悲惨的时刻会辉煌重演。
与此同时,现在,在这里,每天
面包都变成肉体,酒变成血。
那不可能的事,那不可忍受的事,
重新得到接受,而且得到承认。

当然,我慰问你们。也慰问自己。
感受不到多少慰问。树形的蜡烛架
承载绿色蜡烛。茶花盛开。
这也是真实的存在。话语杂沓声静息。
记忆关闭它昏暗的水域。
而那些人似乎在玻璃墙外面,观望,沉默无语。

伯克利 一九八五

彼 岸
一九九一

铁匠作坊

我喜欢用绳子拉动的风箱,
也许用手把,也许用踏板,已经记不清。
但是那鼓风,还有闪亮的火光!
还有钳子夹住火焰中的铁块

烧红、变软、要放在铁砧子上,
用锤子捶打,弯成马蹄铁,
投进水桶,冒出蒸汽,嘶嘶发响。
马匹捆好,要给它上马蹄铁,
它抖动鬃毛;河畔草地上堆放
犁头、棍子、车套,都要修理。

在入口,我赤脚踩着泥地,
这儿有热气冲来,我身后是白云。
我观看又观看。我听到了召唤:
一切俱在,你要不惜称赞。

伯克利　一九八九

亚当和夏娃

亚当和夏娃阅读一只猴子在洗澡的故事：
猴子模仿女主人跳进澡盆，
开始扭动水龙头：水太猛，太烫！
女主人跑来，披着浴衣，她两个乳房
又大又白，露出青色筋脉，抖动摇晃。
她救起了猴子，在梳妆台前落座，
呼唤侍女，到时候了，快去教堂。

亚当和夏娃把书放在双膝上，
阅读的不只是这些事情。
那些城堡！那些宫殿！那些高大的城市建筑！
落座高塔之间的巨大的机场！
他们对视微笑，
但是还在犹疑（你们会存在，你们会知道）
夏娃一只手伸向那个苹果。

伯克利　一九八九

傍　晚

月亮升起之前云朵低垂的时刻,
云朵在海水地平线上完全静止:
透明杏黄色亮光边缘灰青,
光亮渐暗、熄灭、僵冷成为灰红。

谁在观赏？那怀疑自己生存的人。
他在海滩散步,沉湎于记忆。
难以做到。他无法回归,像天上的浮云。
胸肺、五内、性事,不是我,与我无关。

面具、假发、短筒靴,跟我来！
装扮我,把我送到华贵的舞台,
让我在片刻间相信,我依然存在！
啊赞歌,抒情诗,诗歌的写作,
用我的嘴歌唱,你若消失,我就灭亡！
就这样,他徐徐沉入黑夜,
海洋的帷幕。无论是初升的太阳,
还是升起的月亮都不能把他挽留。

夏威夷　一九八七

创　世

项目审批局的天神们哄堂大笑，
因为他们有一位设计出一个刺猬，
另外一位不甘示弱，画出女高音歌手：
睫毛、胸像、鬈发，层层叠叠的鬈发。

在能量充沛的海洋中热闹至极，
电流迸发、噼里啪啦。
元色颜料筒发出咕咕声，元画笔挥动，
附近窗外是几乎快要成形的星系的强大的呼啸，
是没有经历过乌云的清纯澄亮。

他们吹起海螺，在元空中跳跃，
在自己原型的王国，在七重天上。
大地几乎造就，河流闪光，
森林布满地面，每种造物
都在等待名称，惊雷在地平线上翻滚，
但牛羊在草丛中进食头也不抬。

城市出现，街道都很狭窄，
夜壶从窗口泼出废水，衣服晾出，
修好通往机场的道路，

十字路口的纪念碑、公园、运动场，
成千上万人站起来欢呼：进球！

发现长度、宽度、高度，
二二得四和万有引力，
这已经足够，却还有女裤，
有花边、河马和大嘴鸟的长喙、
备有锐利边齿的贞洁带、
锤头鲨、带面甲的头盔，
还有时间，划分未来和过去。

万物诞生，高歌颂扬。
听到歌声，莫扎特坐在钢琴前面
开始作曲，这乐曲早在他
诞生于萨尔茨堡之前就已存在。

但愿一切永世长存。一厢情愿。
一切都发光，过去像肥皂泡一样塌陷
伴随天神对凡人的留言：

"啊，浅薄的部落，怎能不可怜你们！
你们花花绿绿的破布，你们的舞蹈，
貌似豪放，实则不过是悲哀，
镜子里出现你们戴耳环的脸，

涂了睫毛膏的睫毛,染色的眼帘。
除了谈情说爱,其他一无所有!
防备深渊的能力多么虚弱!"

太阳东升,太阳西沉
太阳东升,太阳西沉,
他们继续飞奔,飞奔。

伯克利　一九八八

林　奈[1]

一七〇七年五月二十三日午夜一时出生，春天繁花似锦。夜莺鸣啭，预示夏天来临。

　　　　　　　　　　　　——摘自林奈的传记

嫩绿的小叶。一只夜莺。回声。
早晨四点钟起床，跑向河边。
河面薄雾光滑，迎旭日初升。
大门拉开，马匹跑出。
燕子掠过，鱼儿跳出水波。
我们是否一开始就有过多
闪亮和呼唤、追逐和欢庆？
我们每日生活在欢歌和欢乐当中，
没有语言形容，只觉得万物过多。

他是我们的一员，童年很幸福。
时常带着植物标本采集箱
收集，并且命名，像花园中的亚当，
亚当没及时完成工作就遭到驱赶。

---

[1] 卡尔·冯·林奈（Carl von Linné，1707—1778），著名的瑞典植物学家，创造了生物命名系统，提出拉丁文双名法。

自然界从此等待命名：
在乌普萨拉大学草地上，黄昏时候，
白色的舌唇兰发出芳香，他将其命名为二叶科，
鸫鸟在杉树中唱歌，它是不是"挪威硬核"[1]
这还是争论的对象。
一种活跃的小鸟笑对这位植物学家，
这是永恒的领岩鹨鸟[2]。

他设计了三个王国的系统：
动物界、植物界和矿物界，
又分成界、门、纲、目、科、属、种。
"你的创造何其多，啊，耶和华！"
他和诗篇作者一起歌唱。排列、数目、对称
处处显现，为赞扬它们奏起鼓乐，
拉起小提琴，配合拉丁文六音步诗歌。

从此有令人惊叹的语言：如同有了地图。
郁金香及其深色神秘的内心，
拉普兰的银莲花、水仙和鸢尾花。
纤细画笔忠实描绘出来
枝叶中的鸟雀，红褐色和深蓝色的，
永远不飞走，固着在纸页上，
伴有装饰的双名名称。

---

[1] Turdus musicus，"挪威硬核"乐团，字面意义为"音乐鸫鸟"，是乐团按双名法杜撰出来的拉丁文名称。中文译者的"挪威硬核"翻译也是杜撰。
[2] 原文是拉丁文，*Troglodytes troglodytes L.*。

我们感激他。傍晚,在家里
我们观看色彩,借着绿纱罩
后面的煤油灯光。在那里,大地上
不可尽数、十分丰富,正在消失、正在消亡,
在这里我们喜爱、欣赏,没有损伤。

他在家园、橙园、花园
种植海外的珍奇植物,
祝愿得到平安和保护。
客船把他的学生送到
中国、日本、美洲、澳大利亚,
他们带回来厚赠:种子和画图。
在这个失去和谐的苦涩世纪,
我,一个漫游者,收集可见的形体,
十分羡慕他们,向他们致敬,
赠诗,模仿古典时代的赞歌。

伯克利　一九九〇

音　乐

一支笛子单薄的呻吟,一面小鼓。
一个很小的婚礼行列伴随这一对新人
走过村庄的街道,两边都是土屋。
新娘的婚纱有很多白色绸缎。
为缝制一生穿一次的新衣,得省吃俭用多年。
新郎衣装黑色,崭新,不十分合身。
笛子对山丘叙事,干旱的山丘是鹿皮的颜色。
母鸡在干燥的粪堆上乱刨。

没有亲眼目睹,听音乐我想象这一切。
乐器自己表达,凭借自己的永恒。
嘴唇鼓动,灵巧的手指拨动,时间短暂。
然后,欢乐大场面沉入大地,
但是乐声延续,自动响起,显示凯旋,
永远受到光顾:和它一起返回的
还有面颊温暖的接触、房屋的内部
和某一个别人的生活,
纪事对他们一点也没有提及。

化　身

在那个国家他曾是骑兵队军官。
在好人家做客,甚至拜访 P 伯爵夫人。
穿锃亮的皮靴,勤务兵送来早餐,
这小兵是小村庄来的麻利少年。
姑娘。那儿的姑娘比别处多,是很大的卫戍城镇。
她们有些独立生活,住出租间,
有些倚靠礼仪周全的妈咪,
妈咪在粉色灯罩下迎接和推荐
热情的韩尼亚、乳白色面容的莉蒂亚。
他的坐骑在检阅时候迈出舞步,铃声飞扬。
神甫在行列中行进,儿童撒出鲜花如雨。
那里有那里的生活。四季
给街道披上光明,又染上落叶的青铜颜色和雪白。
本地的农民,身披羊皮皮袄
扎上彩色羊毛腰带,脚蹬编织鞋,
绑着条带裹腿,展示他们的产品。
其他无事可说。他曾一度
在纪事书书页里生活,遇到不一样的风向,
在星宿不同的交织之中,虽然
是在同一个大地,据说大地是一位女神。

　　　　　　　　　　　伯克利　一九八八

阿努塞维奇先生

阿努塞维奇先生想要尼娜。为何?为什么?
他一喝醉,就呼号,就嚎啕大哭。
尼娜就大笑。他不是挺可笑?
肥壮、怕事、胆小、两只招风耳,
居然还能抖动,十足是一头大象。

深蓝色的云朵停滞在旧金山上面,
晚间我沿着灰熊峰驾车行驶,
金门桥外,太平洋海水亮光闪闪。

哎,我早已故去的亲友!哎!阿努塞维奇!哎,尼娜!
没有人记得你们,没有人知道你们。

阿努塞维奇在明斯克原来有地产,
明斯克落进布尔什维克之手,他迁居维尔诺。
年轻时候,母亲放任他放纵享乐,
和女歌星们鬼混,冒充来路不小,
常常发出俄语电报:"抵达有女士相伴
用三驾马车音乐和香槟酒迎接",
签字是"博布林斯基伯爵"。

女歌星。我似乎看见了她们缎子的衬裙、
带花边的黑色女裤。胸部太小,又太大。
对镜触摸而感到忧虑,月经迟来。

后来她们有人当军队护士,出现在医疗车厢窗口
(系在眉梢上的头巾标有红十字标记)。

尼娜不接受阿努塞维奇。你们看她现在。
她向左又向右摇摆,像一名水手。
整整一年都落座马背,穿骑兵军服。
待嫁的少女现在变成了这样的模样。

你在她身上发现了什么,阿努塞维奇先生,
像你这样浪漫?你装扮过伯爵,
肯定也把她拉进过你的想象。
当然你那两只可笑的耳朵
几乎是透明的,长着深红色筋脉
会抖动,你眼睛里似乎露出恐惧。

从前有一个阿努塞维奇。从前有一个尼娜。
从世界开始到终结,都只有一次。
虽然很迟,我现在请他们接受婚礼。
我周围都是身上有条纹、绿宝石眼睛的动物,
时尚杂志的淑女,消亡部落的萨满,
军队护士重又庄重,带着神秘的微笑,
出现在云朵中间,是来助兴和助力。

伯克利 一九八八

语文学

纪念康斯坦提·希尔维德,维尔诺耶稣会学院教授,一位立陶宛传教士,他在一六一二年出版了第一部立陶宛语—拉丁语—波兰语辞典。

他在快跑,轻轻撩起冬天斗篷的下摆。
袜子下面的踝骨,大雪和乌鸦。
他捕捉到了,找到。嘴里叨念着。一个语词。
儿童时期在故乡河边听说过它,
在灯心草丛中的船、小桥、榛树林附近,
木头盖的小房屋屋顶尖尖。
沿着学校拱形长廊他奔跑
到自己房间,用鹅毛笔把它
记录在拉丁语词汇的旁边。
他发出咳嗽声。火炉不断地冒烟。
耶稣会学校的房屋
在大街上鹤立鸡群,天使
由石膏和大理石做成,巴洛克风格。
腋下有汗迹,穿了几件上衣
几件外衣,盖住黝黑的腹部,
裤子,几代人穿过的裤子,坎肩,
马裤、斗篷、麻布衣贴近赤裸的皮肤!
风笛和小提琴,他们在草地上跳舞。
很多情人约会、抚摸和玩耍。
他们都知道同样的词汇,
虽然他们早已死去,词汇的使用延续;

似乎不是来自大地,不是来自深夜、躯体,
而是来自高高的飘渺的区域,
来访问他、她、老人和儿童,
他们遵守自己的规则,生格、予格,[1]
世世代代恪守介词的规则。[2]
我打开一本词典,我似乎是在召唤
隐藏在每页沉默符号里的灵魂,
我想象他的形象,一个情人,
减少生死有命的压迫。

---

1 波兰语中的生格是第二格,多表示所属;予格是第三格,表示接受给予。
2 波兰语中介词后面的名词及其形容词都必须按照要求变格。

然 而

然而,我们彼此是如此的酷似,
我们阳具和阴道都那么可悲。
心脏在恐惧和狂喜中激烈地跳动,
心中怀有希望、希望、希望、希望。

然而,我们彼此是如此的酷似,
连微风中伸腰的那些懒惰的长龙
也一定把我们看成兄弟姐妹
在阳光灿烂的花园里一起玩耍,
只有我们不知道,
我们都是自我封闭,各自独立,
不是在花园里,是在这苦涩的大地。

然而,我们彼此是如此的酷似,
连每一根草茎都有自己的命运,
院子里的每一只麻雀、每一只田鼠也一样。
婴儿要得名,叫扬奈克,或者泰雷萨,
生来享有长期的快乐,或者耻辱与痛苦,
只有一次,直到世界终结。

在耶鲁大学

一 谈 话

我们坐在一起饮酒,布罗茨基、温茨洛瓦
和他美丽的瑞典女友,我自己,理查德,
在艺术画廊附近,在世纪之末,
这个时机似乎从沉睡中苏醒
在惊奇中发问:"是怎么回事?
我们怎么可能?也许因为星座的组合,
太阳上的黑子?"
　　　　　　——因为历史
不再能够理解。我们的物种
不再接受理性法则的指引,
它的本质的界限我们不知,
和你、和我,和单一的个人不同。
——所以在休假的时候,人人
都返回自己的爱好。他们
嗜好的口味和触觉。烹调大全,
完美性爱偏方,降低
胆固醇的原则范例,迅速
减肥的秘籍——他们需要这些。
看这个躯体(彩色杂志图片上的)
每天早晨沿着公园林荫道跑步,
对着镜子摸摸自己,测量体重,
Et ça bande et ça mouille ——一言以蔽之。

这是我们吗？说的是我们？又是又不是。

——因为有独裁者之梦到来，
我们是否比他们轻浮之辈高明，
我们思考着惩罚，惩罚属于
一切过分热爱生活的人？
——他们不是那么轻浮，他们
在自己的庙堂里崇拜，死亡
已被艺术家的技艺征服，
在博物馆大厅里给他们带来安慰。

——崇拜艺术的时代重新到来。
众神名字都被遗忘，而高飞
飘上云端的是大师，神圣的凡·高、
马蒂斯、戈雅、塞尚、耶罗尼米斯·博斯，
还有那些名气较小的明星，新手的圈子。
如果频现照片、报刊和电视，
他们若下凡，会有什么可说？
在孤独作坊里渐渐浓重的夜晚何在？
那黑夜保护、改变了逃离世界的人。

——"一切形式"——波德莱尔说——
"甚至包括人所创造的形式，
都属于不朽。曾经有一位艺术家
既忠实又勤奋工作。他的画室
和他全部的绘画，都被烧光，
他也被枪决。没有人知道他。

但是他的画作保存了下来。在火焰的另一侧面。

——"当我们想到,有的事业完成
靠的是利用了我们,而感到些许不快。
形式完成,保存下来,但在那之前并不存在,
我们和它无关。其他人,以后数代人,
从中择取所需,接受它,或者摧毁它,
忘记真实的我们,只记下了姓名。

——"但是假如我们内心全都龌龊
和疯狂,耻辱,很多的耻辱,
没有被人忘记,我们是否会满足?
他们想要在我们身上找到更好的自己:
不是滑稽的缺陷,而是立碑纪念的缺点,
和不太令人反感的秘密。"

二 德·巴尔扎克先生

"听说,巴尔扎克(有谁不愿意毕恭毕敬地倾听关于这位天才作家的一切奇闻轶事呢,即使没有什么意义的?)站在一幅展现冬天的精致的绘画前,画面令人忧郁,厚厚的冰霜、某处的一座小屋和贫苦的农民——他仔细观看那座小屋,小屋烟囱里冒出一缕青烟,他呼喊:'太美了!但是,他们在这座小屋里做什么呢?想什么呢,有什么忧虑的事呢?肯定有些该缴的税到期了吧?'

"谁愿意笑巴尔扎克先生,就笑吧。我不知道这位画家是谁,他竟享有这份荣誉,感动了、惊动了、震撼了这位伟大作家的灵魂,但是我想,凭着他充满魅力的天真境界他给我们上了一堂评论课。在评论一幅绘画的时候,我常常赞扬一幅画,仅仅因为它给予我头脑理念和启发。"

夏尔·波德莱尔　一八五五年万国博览会

三 特 纳

耶鲁大学英国艺术中心——J. M. W. 特纳（一七七五至一八五一）:"圣迈克尔城堡，邦纳维尔，萨沃伊，一八〇三。"

白云在山峦上方飘过，
这里的道路洒满阳光，阴影很长，
河堤低矮，像小桥一样，
是暖褐色，和城堡的塔楼相仿，
塔楼高耸，直下直上，
树木的后面，在灰暗的右方。
另外一个城堡在远处高地上，
一个小白点，在长满树木的山坡上，
山坡迤逦下到路旁和谷地的村庄，
那里有羊群、杨树、第三个
城堡，或者罗马式教堂高塔。
最重要的是，一个村姑
穿红色裙子、黑色胸衣、
白外套，提着东西（到河边洗衣？），
看不清面容，一个小点。
但是向那里行走，被画家看到，
于是永远留下来，
让画家实现自己的，
只对他展现出来的和谐：
黄色、蓝色和赤褐色三者。

四 康斯泰伯

耶鲁大学英国艺术中心 ——约翰·康斯泰伯（一七七六至一八三七）:"瓦尔敦的青年人——斯特拉福德风磨,"约一八一九至一八二五。

真实的场面是，小河水浅水枯，
只有水磨堤坝下面水多一点，
足够吸引少年。他们的钓鱼竿
不怎么争气：树枝代替鱼竿，
站着的男孩拿在手里。其他人
懒散凝望着浮标。远处，小船上，
更小的男孩玩耍。如果水
是蓝色多好，但是英国的云团
总是混杂，预示天要下雨，
短促的晴朗是铅灰的颜色。
本应该是浪漫的，或者美丽如画。
然而这不是为了他们。我们可以
猜到他们打补丁的裤子和衣衫，
还有他们的理想：逃离农村。
希望能够如愿。我们承认
改变一切阴郁真实的权利
将其变成画布上的构图，内容
是空气。它的变化，跳跃，
云团翻滚，漫游的光线。
没有一点畅游伊甸园的许诺。谁愿意住在这里？
让我们向画家致敬，他这样忠实于
坏天气，选择它，和它永远同在。

五 柯 罗

耶鲁大学画廊——让·巴普蒂斯特·柯罗(一七九六至一八七五):"拉罗舍尔的港口,"约一八五一。

他的名字是光线。他所看见的一切,
都顺服地带给他、贡献给他
自己没有激荡的内里、凝寂,
像清晨迷雾中的河流,
像黑色贝壳里的珍珠母。
这个海港也是这样,在午后时分
船帆沉睡,暑热,
我们来到这里,大概因醉酒趔趄,
解开衣衫的扣子,港口一丝微风,
在瞬间的掩饰下显示出明朗。
人细小的形体至今依然真实:
这儿有三个妇女,那边的一位
骑着一头毛驴,有一个滚木桶的男人,
马匹戴着辔头,很耐心。他曾在这里,
拿着调色板,呼唤、召集他们,
从辛劳穷苦的大地把他们
引进平和的美好境界。

拜内克图书馆

他逝世后的家在小城纽黑文,
一座白色房屋,墙壁
建造用晶莹的大理石,像玳瑁,
把浅黄色光线洒向一排排书籍、
肖像和胸像。他正是想要
决定居住在那里,因为他的骨灰
已经不再显示内容。虽然在这里
如果他能够触摸自己的手稿,
就会在惊奇中发现命运
巨大的变化,变为文字,再没有人会猜出
他到底是谁。他叛逆过,呼喊过,
忠实完成了预先设定的一切。
他从经验上发觉,他的传记
违反他的意志,被权贵细心编写,
和权贵真的很难结成盟友。
他做的坏事多还是好事多?
只有这一点重要。剩下的,艺术,
无足轻重,因为我们的后代都知道,
脉搏是否平稳、呼吸是否舒畅,
今天是否晴朗,粉红色的舌头
在小镜子里检查嘴唇深红色的唇膏。

蓟菜、荨麻

"蓟菜和高高的荨麻,还有童年的仇敌莨菪。"
——奥斯卡·米沃什《时间的模糊地带》

蓟菜、荨麻、牛蒡和莨菪,
前程远大。荒原属于它们,
锈蚀的铁轨,天空,宁静。

对于几代之后的人,我是谁?
高谈阔论之后,宁静成为奖掖。

我受到书写词语这一赠礼的救赎,
但是我必须为不懂语法的尘世做好准备。

蓟菜、荨麻、牛蒡和莨菪,
清风在上方吹过,云朵欲睡,宁静。

伯克利　一九八九

和　解

稍迟，他与自己和解，
认命的时刻到来。
"是的，"他说，
"我天生就是一名诗人，
而非其他。除此之外
我什么也不会，虽然羞愧，
也改变不了宿命的定理。"

诗人：一个不断想到其他事的人。
他时时走神，令同事、友人恼恨。
也许他甚至没有人之常情。

但是说到最后，怎么不是这样？
在人的多样性之中，也需要
变异，变体。我们去访问诗人，
在显得荒凉的近郊的一间小屋之中，
他养家兔，用草药泡酒，
在录音机上录制谜一般的诗作。

伯克利　一九九〇

长住之地

坟墓之间的草皮茁壮浓绿,
从陡峭山坡看港外尽收眼底,
还有下面的岛屿和城市。夕阳
晶亮,渐渐褪色。黄昏时候
万物轻微跳动。一只母鹿和一只小鹿
在那里,每晚必到,享用、吃掉
悼念的人们带来献给故去至爱者的鲜花。

彼　岸

你也许想知道人到老年会怎么样？
关于那里的情况肯定所知无多，
非得等到抵达，却没有返回的权利。

一

我环顾四周。别人如果是这样，
我可以理解，但为什么是我？
和他们有什么共同之处？满脸皱纹，头发灰白，
拄着手杖迈步，没有人迎接他们。
也许一个女孩也这样看待我，
虽然我照镜子看自己却有所不同。

二

莫谈安宁。有人拉着我，违背我的意志，
惧怕等一会他离开我不管，
他每天都给世界添加色彩，
给肌肉涂油，让人把话语记录：
厄洛斯从来没有显得这样强力
一代代新人的世界显得这样永恒。

三

何谈安宁?那么多张脸,
他们活过又消失。"你们在哪里?"
我问,想记住
嘴唇、眼睑的形状和温热的触摸。
但每天记忆越来越倦怠。
所以,人啊,我自问,你想不再做梦?

四

死亡点滴来临的进程嘲弄我。
双腿无力、心悸、上山路难行。
除了我力不从心的躯体,
像在高山巢穴里,精神清醒。
但是哮喘把我百般羞辱,
掉头发、掉牙令我痛苦。

五

我获得智慧,饮晚收的葡萄酒,
关于他人的真实和自己的真实。
有时候感到绝望,其实不值。
如果没信心,有残疾,怎么办。
好也罢坏也罢——一生都过完,
宽恕的花园把大家都聚集。

六

我不愿意再度年轻,虽然羡慕。
年轻人甚至不知道自己多么幸运。
他们应该唱颂歌迎接日出,
每天创作一首歌中的歌。
但是我不能够摆脱自己,
我重又纠缠在我命运和基因里。
这样的艰难还是只遭受一次为好。

七

我访问迄今一无所知的地域,
学者们的巨著对它们只字不提。
千年古树的存活也只有一天,
一个蝴蝶在空中悬停到永远。
罗马小女孩在中庭闪现后消失,
在时间一个黑暗拐点,年月不知。
可笑的是他们被分成两个部落:
女人探索男人滑稽的耻辱行为,
男人探索女人滑稽的耻辱行为。
行人脚下是昔日的君王,枯干的昆虫。
只要叶兰斯基活着,弗里耶街就有名。
他说过:"我把你送到克利奥帕特拉的坟墓。"
指出:"就是这里。"我们在维维恩路止步。

（根据一则长盛不衰的巴黎传说，拿破仑从埃及带回克利奥帕特拉的木乃伊，不知道怎样处理为好，便下令埋葬在现今的维维恩路。[1]）

八

Mavet, mors, mirtis, thanatos, smrt.[2]
就这样结束，事物的面目就是这样，
我习惯称之为"我的"之一切。
就这样结束，精神状态就是这样。
绝对的寒冷。我怎么迈过这道门槛？
我寻找什么对抗 smrt 最有力，
我认为，是音乐。巴洛克风格的音乐。

九

"啊，如果我请求的事都能实现，
我就奉献出我一半的生命！"
后来果然实现。后续却是痛苦和怜惜。
所以，停止请求，凡人！你们的话将得到听取。

---

[1] 据波兰语《米沃什诗歌全集》注。
[2] 分别为希伯来语、拉丁语、立陶宛语、希腊语和捷克语中的"死亡"一词。

十

你身后会留下诗歌。你是伟大的诗人。
——但是实际上我只经历过一次追逐。
当时农场鸡鸭唧唧嘎嘎声把我吵醒,
艳丽的太阳光呼唤我去奔跑,
一双赤脚,沿着还是黑色泥土的小路。
多年以后我还是同样每天清晨
起来,深知在我笔下的林莽和
荒野里会有许多的发现?
我要找到一个使得万物真实的核心,
永远希望找到它——就在明天。

十一

——你身后会留下诗歌。有些是传世之作。
也许是吧,但这不是有力的慰藉。
有谁能够想到,治疗痛苦唯一的妙药
竟会既苦涩,还不太有效。

十二

"我化装成一个肥胖的老太太行走。"
安娜·卡敏斯卡逝世前不久前写道。
是的,我知道。我们是高尚的火光
不能和泥制陶罐同一。让我们用她的手书写:
"我会慢慢脱离我的肉体。"

（两位十七岁的女孩诗人来访。
一位是她。都还是在校学生。
从卢布林来见大师。就是我。
在华沙的公寓楼见面,窗外是空地,
扬卡端上茶水。我们品尝点心。
我没提起附近空地是被处决者的墓地。）

十三

但愿我能够说出:"我已经满足,
凡是今生可以体验的,我都体验过。"
但是我像一个怯懦的人拉开窗帘,
张望一场无法理解的漫长的盛宴。

伯克利　一九八八

阅读安娜·卡敏斯卡的笔记本

阅读她的笔记,我意识到她何等富有,我何等贫困。
她富有爱情、痛苦、哭泣、梦境和祷告。
她活在自己人之间,他们不太幸福但是互相支持,
生者和死者的和约联结他们,和约在墓地更新。
慰藉她的有绿草、野玫瑰、松树和马铃薯田地
以及自幼熟悉的田野芳香气味。
她不是杰出的诗人。但是这合情合理:
善良的诗人不容易学会艺术的花招。

青年时代

你不幸福的、愚蠢的青年时代。
你从外省乡下到大城市来。
电车沾满雾气的车窗玻璃,
众生人群显出焦躁不安的悲苦。
你进入太花钱的地方时感到胆怯。
一切都价格不菲。太奢侈。
那些人一定看出了你的土气,
过时的衣装和笨拙的动作。

没有一个人站在你旁边对你说:

你是帅哥,帅气大男孩,
你健康,又力大无比,
你的不幸全是臆想。

你不会羡慕身穿驼绒外套的男高音歌手,
如果你知道他的恐惧和他会怎样地死去。
她,你为红发的她忧心,痛苦不堪,
你觉得她美丽无比,她却是火中的玩偶,
你不明白,她用丑角的声音拼命呼吼。

宽边帽子的形状、衣装的样式、镜中的面容,
你不会记得清楚,像陈年的事迹,
或者梦境留下的点滴。

你在不安中走近房屋,
耀眼光鲜的公寓单元,
你看,吊车在清理瓦砾堆。

也轮到你享受、拥有、获得,
最后能够炫耀、实际上没有理由的自豪。

等到你的愿望都已经实现,你再追忆
浓烟和雾霭编织的过往岁月。

追忆珍珠色泽的一日生活,
起起伏伏像永恒的海面。

你读过的书不再有用,
你寻找答案,经历没有答案的生活。

你在南方光明大城市行走,
返回你早年住地,又在惊喜中
看到夜间落下的初雪在花园中的白色。

伯克利　一九九〇

共　有

什么好？大蒜好。当烤肉架上羊腿的配料。
饮酒同时，远望海湾里小船摇动的景色。
八月的天空布满亮星。休假，在一个山顶。

什么好？长时间驾车后有游泳池和桑拿浴。
做爱之后入睡，拥抱，和她大腿相互交接。
清晨的薄雾，透光，预示这一天阳光充沛。

我沉溺于我们生者共有的一切。
为他们在我体内感受经验的这一切。
在摩天楼和反教堂的模糊轮廓下踱步？
不如在美丽的、虽然遭受污染的河流山谷。

照 片

天下最难事
莫若写论文
探索一老人
细观旧照片。

为何观旧照
难以得知晓
老人何感触
难以解释好。

貌似很单纯：
往日之情人
正是在这里
问题露端倪。

彼若可触摸
真实又在场
容貌和衣装
美甲与秀发

如若一云团
如若河中水
她是否返回
非存在状态？

或者正相反
依然为实体
或曰久存在
独特而永恒?

学校课程里
讲生命同一
原生质植物
昆虫到人类。

一切生命物
更新与死灭
在共同家园
一无底深渊。

一切生命体
因而获同情
人类与动物
因此无区分。

又如何保存
至高之特权
只给予我们
长生无死限?

倾听神学家
谆谆给教导:

"我等必解体
实体必逸。"

老人复长思
目睹昔时照
一再回忆起
禅宗诗人语:

"我等复何物?
短命一圆球
包含水与土
火风与金木。"

复又不可解
老人对她语
全然有把握
她全听明白:

"啊主的女仆
你许配给我
我和你要生
十二个子女。

你为我祈求
信仰的恩惠
若无你关怀
我等弱无力。

现在你对我
乃时间秘密
抑或同一人
不变应万变。

雨后园中走
清凉湿气重
秀发扎丝带
彼岸是安居。

君见我致力
表述用言语
天下至要事
词却不达意。

你近在眼前
虽然一瞬间
仍至诚帮助
宽容一如前。"

持久的影子

那是在一个大城市,且不论在哪个国家,用哪种语言,
在很久以前(受到祝福的天赋:
从一件小事编织出一篇故事——
我在街道上、在汽车里记录,避免忘记)。
也许不是小事,夜晚咖啡馆客人拥挤,
每晚有一位著名女歌星献艺。
我和他人落座,烟云缭绕,碰杯声响。
领带、军官的军装、女人低开口胸衣,
那里民间的粗犷音乐,一定来自山区。
那歌声,她的嗓音,搏动颤抖的身躯,
经过漫长岁月都未曾忘记,
舞蹈的动作,头发的青黑,皮肤的白皙。
想象中她香水的气味。
后来我学会了什么,有什么发现?
万国、不同习俗、各种生活,都成为过去。
她和那个咖啡馆都已经毫无踪迹。
只有她的形影一直与我同在,脆弱、美丽。

二者必居其一

如果上帝化身为人,死去又从死亡复活,
人的全部努力都值得注意,
其程度取决于依赖于此事的多少,
亦即因为这一事件而获得意义。

应该想到这一点,日日夜夜,
每天,多年,思忖得越发深刻和强烈。
考虑最多的是人类历史的神圣,
我们每个行动都是它的一部分,
永远记录下来,不会湮灭。

因为我们的族类获得如此提升,
充当神甫该是我们的使命,
即使我们不是身穿神职衣装。
应该在公共场合展示对神的赞颂,
用语言、音乐、舞蹈和符号的每种。

※

如果基督教宣称的一切都是杜撰,
而学校教导我们的、
报刊和电视告诉我们的都是真实,
大地上生命的进化是偶然事件,
偶然事件还有人的存在,

人的历史既无来处也无去处,
我们的任务乃是从对于
无数代人的历史思考得出结论,
他们生生死死,都诓骗自己,
准备断绝自然的欲望无需理由,
等待死后的判决,每日战战兢兢
惧怕因为舔干净果酱遭受永恒的惩罚。

如果可怜的堕落的动物
竟能够产生荒唐的想象,
让空中充满发光的物体,
岩石深渊充斥了大群魔鬼,
这后果很严重,的的确确。

应该行走和宣讲,不停地
在每一步提示我们是谁:
我们自我欺瞒的能力无限,
凡深信某物者都是在犯错。

唯一值得尊敬的是对我们生命短促的抱怨,
我们全部眷恋和希望都只有一个终结。
就像我们要威胁冷漠的上天,
是我们做出最能彰显我辈特质的事情。

※

但是,决不!为何二者必居其一?
千百年来人和众神在一起生活。
提出祈求:要健康,要旅途顺利。

不是要经常思考耶稣是谁。
我们普通人怎能知道这秘密。
模仿虔诚的邻居已经足够,
每个星期天都拿出时间膜拜。

并非人人都领受神甫神职,
有些人祷告,有些人忏悔罪过。
遗憾的是他们的宣教永远都太枯燥,
似乎他们自己也不很明了。

让学者们描写生命的起源。
也许是真实,但是否为了人类?

白昼接替黑夜,树木迎春开花:
这样的发现肯定无害。

让我们不为死后的命运费心,
但是在人间努力寻求拯救,
尽一切可能努力行善,
宽恕芸芸众生之不够完善。阿门。

两首诗

下面这两首诗彼此对立。一首否定对于世世代代折磨神学家和哲学家思想的问题的探索，选定在加勒比海一个岛屿上的一个时刻来欣赏大地之美。另外一首则正好相反，表达出恼怒，因为诗人不愿意记忆，他们活着，似乎什么事也没有发生过，似乎恐怖根本就不在他们社会组织结构的表层下隐藏。

我自己知道，第一首中对世界的肯定本身隐藏了很多丑陋，而且这种肯定比表面上所显示的更具有讽刺意义。第二首中的歧义来自这一事实：愤怒比邀请参加哲学辩论是更有力量的刺激。姑且如此，这两首诗见证了我等矛盾，因为二者中的判断都是我做出的。

和让娜的谈话

让娜,我们不谈哲学,把它放下,
高谈阔论和论文够多,谁能承受。
我告诉过你我远走高飞的事情。
我不幸的生活没有再次令我气馁,
比起普通人的人生悲剧不好也不坏。

我们的争论已经绵延三十多年。
就像现在,在热带天空下这个海岛上面。
我们刚逃过大雨,刹那间又是赤日炎炎,
树叶的嫩绿闪烁晃眼,我不想多言。

我们淹没在冲浪线的泡沫之中,
我们向远处游去,奔向地平线,
那里香蕉林和小水磨般的棕榈林交汇。
我受到指责,说我没有达到自己著作的高度,
不严格要求自己,没遵从雅斯贝斯的教导,
我降低了对这个世纪无论什么见解的轻蔑。

我在波浪上摇曳,仰望着朵朵白云。
你说得对,让娜,我不善于关怀拯救自己的灵魂,
有些人受到召唤,有些人有能力自理。
我接受了一切,凡是我遇到的事,都是公正的。
我不追求智慧老年的尊严。
虽然难以表述,"现在"就是我的家园,

这个世界的万物，因为存在而令人欢欣：
女人的裸体，铜色锥形的丰乳，展现在沙滩上，
木槿、夹竹桃、红色水仙，目不暇接，
嘴里和唇舌品味番石榴汁、猕猴桃水，
有冰块和糖浆的朗姆酒，藤本春兰，
热带雨林中树木有高跷般的树根支撑。
你说你我的寿数终结越来越近，
我们受尽痛苦，苦涩的大地对我们是不够的。

菜园里显出紫黑色的泥土
就在这里，无论是否能够看见。
海水还像今天一样从深底呼吸，
我正消失在无限之中，变小，越加自由。

瓜达洛佩岛

诗论世纪末

一切都已经很好
罪恶的概念消失
大地都做好准备
享有普遍的和平
尽情消费和寻乐
没有信仰和空想

出自不明的原因
图书都把我包围
作者是先知神学家
还有贤哲和诗人
苦读中我寻求答案
常皱眉又做鬼脸
半夜里忽然惊醒
拂晓前嗫嚅不清

严重压抑我的事
是有点令人羞耻
若是公开来议论
不策略也不审慎
甚至有闹事之嫌
有损世人之康健

很遗憾我的记忆
还不想把我抛弃
生者活在记忆中
每人都有其苦痛
每人都有其死亡
遑论恐惧与惊慌

何以那里显得纯洁
尘世天堂之海滩
完美清澈天蔚蓝
卫生教堂在下边
是否竟因为彼岸
已在远古是从前

上帝言说也狡黠
聆听人神圣智者
阿拉伯故事说道：
"如果我对世人言
你是何等大罪人
他们不会颂扬你。"

虔诚人赶紧回答：
"我若不开导他们
你何等大慈大悲
他们未必在乎你。"

我该找谁去请教
遇到这黑暗世道
有痛苦还有罪恶
把这世界都搅糟
既然在这尘世里
或者在高高神界
都没有力量消除
全部原因和结果

莫考虑也莫牢记
十字架上的死亡
虽然他每日死去
唯有他大爱无边
他绝对没有必要
同意和甚至允许
全部存在的一切
和剧痛铁钉共存

完全是静默如谜
繁复而难以理解
就此停止该话题
此非人世的话语
祝福心绪的欢乐
葡萄采摘和丰收
静谧安逸始来临
虽然不惠及每人

伯克利

蜘　蛛

蜘蛛沿细线下降到达浴缸之底，
尽最大努力在光滑白瓷面行走，
但是挣扎的细腿抓不住白瓷，
那平面在大自然中无处寻觅。
我不喜欢蜘蛛。对它怀有敌意。
看书知道蜘蛛的习惯，
觉得十分讨厌。在蜘蛛网上
我看到迅速的逃命，对落网
苍蝇的攻击，致命的毒针穿刺，
某些种类的剧毒，人也不能抵御。
现在我瞧着它，就让它留在那里。
没有放水，结束这不愉快的场面。
让它努力，给它一次机会。因为
我们，人，顶多能做到避免造成伤害。
不在蚂蚁行走的途径喷洒毒药。
拯救扑向灯火的傻气的飞蛾，
用窗玻璃把飞蛾和煤油灯隔开——
我有时写作时照明用灯。终于找到名称——
现在对自己说：思维的迟钝
令活物得到拯救。清醒的意识
能够接受每时每刻在大地上
同时发生的一切？
不要为害。停止食用鱼类和肉类。

遭受阉割，像大猫迪尼，对于
我们城市淹死的小猫，它是无罪的。

卡特里派教徒有道理：勿犯受孕之罪
（因为你会杀死种籽而受良知折磨，
或者为痛苦的生活负责）。

我的住宅有两个浴室。我把蜘蛛
留在不用的澡盆里，又开始工作，
制造不大的船只，让这些船只
比儿童时代的更好操纵速度更快，
便于在时间的界限之外航行。

第二天，我去探望我的蜘蛛。
死亡、蜷缩成闪亮白瓷上的一个黑点。

我在羡慕之中想到亚当的尊严，
树林和田野中的野兽来到他的面前，
收取他赐给的名称。他得到提升，
高于奔跑、飞翔和爬行的一切。

很久以前很遥远

>大爱造成大悲。
>——斯卡尔卡

一

纪事作者稍事休息,心跳得厉害。
这在纪事作者中少见,因为他们一般都已经死去。
他努力描写大地,全凭记忆,
比如说在大地上他的初恋,
对一个名字普通女孩的爱情;
他再也不会得到她的书信,
她顽强的生存令他惊异,
就好像她说话,他做听写。

那是在很久很久以前。
有一座城市很像一座教堂
其装饰性的塔楼直上青天,
高耸入云,从绿色山坡凸现。
我们在那座城市长大,彼此不识,
熟悉同一个传说:有地下河流
没有人见过,中世纪一座塔下
有一个教堂,还有神秘的通道,
从该城通往遥远的岛,
岛上湖水的中心是已成废墟的城堡。
每年春天,河流都给我们带来喜悦:
冰面碎裂,冰块漂流,小船应声而到
都油漆成蓝色和绿色的线条,

宏大的木筏行列向锯木厂漂去。

四月阳光下我们走进人群。
期待不很大胆,无以名状。
只有现在,"他爱我、他不爱我"
都完成,而天真可笑和悲伤
都密不可分,我和这些少年少女
相处打成一片,告别,
我才理解他们多么热爱这个城市,
他们没有意识到,这眷恋将延续一生。
丧失祖国是他们的命运,
寻找纪念物、标志——能永久保存的物品。

我想要赠给她礼物,考虑这样的选择:
把她列入建筑的许多梦境之中,
圣安娜、贝尔纳、圣约翰
和传教士们于上天相遇的地点。

二

在一股泡菜气味中,山坡上
一条小路向下伸延到接骨木和茅草丛
直到一个不大的湖泊,阳光下的蜂箱。
我们森林故土上布满不变的蜜蜂
在我们遭到危难的时候依然工作。

她行动迅速。高声呼喊:"赶快!
马上走!"她们抱起孩子飞跑,
跳出家门,沿着小路,经过接骨木进入沼泽。
士兵钻出白桦林,正在包围住宅,
载重车留在森林里,避免把老百姓吓坏。
"他们没有想到把狗放出来,
那狗自然会把他们带引到我们这里。"
我们的家乡就这样沦陷,虽然
有柳树枝条、苔藓和迷迭香保卫。
长长的列车东去,开赴亚洲,
带着那些深知一去不复返人们的感叹。

蜜蜂沉重地返回储蜜室,
白云缓缓移动,倒映在湖水中。
我们的遗产被交给我们不认识的人。
他们是否器重蜂房、露台前的金莲花、
锄过草的田垄和果实压弯的苹果树冠?

三

噢是的。那家饭店叫"静膳斋"。
我怎么能忘记?这意思是
我不想记住吗?这个城市进入
梦境般的蜕变,漫长的季节,
人的形象难以设想。几乎、
几乎无法追忆。在我的诗里,为何
少见自传情节?何以出现这样的念头:
像隐瞒疾病似的隐藏一己的情况?
当时我在"静膳斋"还是一个
天之骄子、大学生和军官老爷,
招待员小子马切尤尼奥毕恭毕敬
送来伏特加,瓶装,冰块冷藏,
挂着水珠;他俨然成了大人
感到骄傲,如同你出身名门大户。
当时的欧洲沼泽遍地、松林繁盛,
沙土大路上马拉大车嘎嘎作响。
招待员小子马切尤尼奥穿梭客桌忙碌。
后来他学会了告密?还是也
被关进西伯利亚一条河边的古拉格?

四

国家及其事务是何等复杂愚蠢。
我不该操心,可是还得操心。
因为含辛茹苦的是人民。

我住在这儿,人人都在做买卖经商,
每时每刻,不论白天和黑夜。
在弥漫淡蓝色的灯光大厅里他们堆放
来自五大洲的珍奇水果,
来自西方和东方的鲜鱼和鲜肉,
反季节的蜗牛和厚壳牡蛎,
在闷热潮湿谷地酿制的美酒。

我不反对商店橱窗摆出波利尼西亚假人模特,
低廉费用可以得到的少女陪酒服务。
如果反对,就保持缄默,不惹是非。

我不是大城市人。来自偏僻的外地,
一个遥远的大陆,
在那里学习领略了国家的本质。
晚间,在河畔,我们都参加合唱。
我们居住在沼泽地以远,森林后面,
距离最近火车站三十公里之远。
在庄园里、庭院里、村庄和农舍。
我们唱歌,控诉种种的区别:
这是自己的,那是别人的,这是贫穷,那是豪富,
这里在耕地,那里做生意,这里是美德,那里是罪孽。

这里忠实于祖宗,那里是背叛,
最恶劣的是有人变卖自己的森林。
几百年的高大橡树轰然倒下,
雷鸣般的回声,大地连连颤抖。
接着,通向我们教区教堂的道路
不再是穿过阴影、踏着鸟雀的歌声,
而是通过空旷和寂静的林中空地——
这是对于我们一切损失的预示。
我们祈求神迹圣母的保护,
用拉丁文圣歌伴随管风琴的乐声。
我们一代又一代人都反对国家,
它不能靠威胁或者惩罚来征服我们。
直到世间出现完美的国家。

国家是完美的,就是要剥夺
每一个人的姓名、性别、衣服、习俗,
在拂晓时分把因惧怕而昏晕的人们
引向人所不知的草原、荒野,
以便展现国家的力量;
人们在肮脏污秽中跋涉,
忍受饥饿、惨遭屈辱,放弃自己的权利。
我们从中理解了什么?什么也没有。
后来我们当中没有一个人
向世界叙述这个新的知识。
世纪过去,记忆消失。再也找不到
求助的文字,只剩下没有十字架的坟墓。

继承者

青年人,你听,也许你愿意听一听。
正午。蟋蟀为我们鸣唱,像一百年以前一样。
白云飘过,它的阴影跟随,
河水闪烁。你的赤身裸体,
你不懂的语言回声在空中徘徊,
我们的语言对你说话,你,入侵者温和
无罪的儿女。你不知道这儿以往的事。
你不寻找以往的信仰和希望,
你路过被砸碎石板和上面破碎的姓名。
但是这阳光下的河水,菖蒲的香味,
同样的发现事物的欣喜
把我们结合在一起。你会重又
找到他们想要永久驱逐的神圣。
它会返回,再生,目不可见,
微弱、崇敬、羞怯,无名,
但是无畏。在我们的绝望之后,
是你最热的血液,求知的眼睛。
继承人啊。我们已经可以远走高飞。
你听,再听,回声。微弱,越来越轻。

摘 杏

只有下面海湾低矮的上空
小朵白云在阳光中快速飘动,
在蔚蓝色背景上山峦显得灰蓝,
挂满果实的杏树呈现出深绿,
闪现出黄色和红色,令人想起
希腊金苹果园或者天堂里的苹果。
我伸手摘杏,却突然感受到临在。
于是放下篮子,说道:"真可惜,
你走了,不能看到这些黄杏,
而我在这里享受生活,有点不配。"

评论
遗憾,我没有说出本应该说的话。
我把雾霭和混乱付诸蒸馏。
存在与非存在的那个王国
一向与我同在,发出呼唤
千百次的呼吁、呼喊、怨言
我向她发声,而她很可能是
那支合唱队的一位指挥。
只发生一次的事不会留在语言之中。
国家消失,同时还有城市和环境。
没有人得以再看见她的面容。
而形象本身永远是不忠实的形影。

沉 思

"一段被怜悯、愤怒和孤独耗尽的旧情。"
——奥斯卡·米沃什

主啊,世人都赞颂你,但是很可能理解错谬。
你不是王位上的君主,尘世的人们
向你祷告、烧香,氤氲缕缕,向你飘升。
他们想象中的宝座是空的,你时时苦笑,
看到他们向你朝拜,提出希望
保护庄稼避开冰雹,身体不染百病。
拯救他们免遭瘟疫、饥饿、火灾和战争。
你漫游,在看不见的水边宿营,黑暗中握紧火光,
在火光旁边,你沉思,连连地摇头。
你很愿意帮助他们,成功了,就十分高兴。
你同情他们,原谅他们的错误。
他们的虚伪——他们是知道的,却佯装不知,
原谅他们在教堂聚会的种种丑态。
主啊,我心中充满敬佩,想要和你交谈,
因为我想你理解我,虽然我显出种种矛盾。
似乎我现在才醒悟爱他人是什么意思,
为什么此中妨碍我们的是孤独、怜悯和愤怒。
强烈地、持续地对一个生命的思考就足够。

例如一个女人的生平,像我这样思考,
就能彰显出那些弱势人群的伟大,
他们真诚、勇敢,耐心,直到最后。
除了这样沉思一切,我所能无多,
站在你面前,祷告中向你顶礼
为了他们的勇敢请求:允许我们赞美你。

         伯克利　一九九〇

沙　滩

海水撞在沙滩上破碎,我倾听它的呼啸,闭上了眼睛。

在这里,欧洲的海岸上,正值盛夏,在本世纪两次大战之后。

几代新人的前额都显得清白,但是有标记。

人群中常有某一张脸酷似破坏者之一。

但愿他出生得早一些,但是他不知道。

他被选中,像他父亲,虽然没有服役。

在我眼帘下面,我保存他们永远年轻的城市。

他们音乐的吵闹,滚石的噪声,我在探索我思想的核心。

这是某种不能表达之物,每天重复的"啊,是的"——

不能追回的、冷漠的、永恒的消失?

是惋惜和愤怒,因为在狂喜、失望和希望之后,酷似众神的存在物被忘却吞噬?

在大海的喧嚣和寂静之中,不能听到关于划分正义者和阴险者的消息?

或者,追逐我的是在天空之下生活一天、一小时、一瞬间之活物的形象?

如此之多,而战败后的和平,我的诗歌保存得却如此之少?

或者可能我只听见自己的嗫嚅:"尾声,尾声"?

我青年时期预言的实现,但是不同于一些人设想的方式。

清晨返回,花园清爽中一只可爱的手采摘花卉。

一群鸽子在山谷翱翔。转弯、变换颜色、沿着山峦远飞。

平凡日子相同的辉煌,罐子里的牛奶和鲜嫩的樱桃。

但是,在下面,在生存的微末之处,就像在森林的枯树枝下，它藏匿、蠕动。

细小生物敏锐的恐惧识得，它是铁石心肠的、铁灰色的虚无。

※

我睁开眼睛，一个皮球飞过，一道波浪上一个红帆倾斜，炽热阳光中一点蓝色。

就在我面前，一个男孩用脚掌试探水面，我突然注意到，他和他人不一样。

不是残疾人，却有残疾人的动作，一个智力发育迟缓的少年。

他父亲照料他，一个中年美男，坐在一块石头上。

对于他人之不幸的感知穿透我心灵，想到他们，我开始领悟。

在这个昏暗的百年中我们共同的命运，和更为真实的、无声的同情感，虽然我还不愿意承认。

故地重游

到了老年,我访问了很久以前、早年青春岁月终日逍遥的地方。

依然辨别出气味、后冰河时期山峦的线条和椭圆形的湖泊。

我强行穿过杂草,那里原来是公园,现在找不到林荫路的痕迹。

伫立在湖边水上,波浪轻微闪亮,和当时一样,我和以往一样,莫名,莫名不同。

但是,我不反驳你,不幸的少年,也不说你痛苦的原因愚蠢。

对谁突然揭示存在的无情真实,他都要问:这怎么可能?

这样的世界秩序,怎么可能,除非是残酷的恶神制造?

成年人冷漠的知识不值得敬重，狡猾中达成的协约带来耻辱。

我们敬重反对坚不可摧律法的抗议，敬重青年手里的手枪，因为他们永远拒绝同流合污。

于是——不就是这样吗？——一个女人的手蒙住我们的眼睛，送来了礼物，她胸部褐色的盾牌，小腹部一撮黑绒毛。

心跳加速！这样的欣喜只给我吗？没有人知道，谁也猜测不到她肉体的黄金般美妙。

只是给你——我点头，望着湖水——只是给你，数千年如许，为了颂扬大地的美丽。

到如今，漫长大半生过后，学会狡黠的正义，因探索而生智慧，我要发问：一切是否值得。

做好事的同时，我们也做坏事，平衡而均等，不过是盲目地实现了命定预期。

空旷无人，感觉不到受惊动的鬼魂游动，只有微风吹弯柳树梢，我不能告诉她：你快看啊。

我好歹一路走了过去，心中充满谢意，因为我没有投身力所不及的尝试，但是我依然认为，人的灵魂属于反世界。

哪个真实呢？因为这个是真实的、可怕的、荒唐的、毫无意义的。

我继续劳作，选择它的对立面：完美的、超越混乱和一瞬的自然，在时间的另一边的、不变的花园。

无　题

夏威夷的宽大手指样的羊齿草
在阳光下观赏，我在喜悦中
想到，我不在时，这草叶还在，
我想领悟，这欣悦中有何种意蕴。

夏威夷　一九九八

晚　安

没有义务。我无须表述深刻。
在艺术上,我无须做到完美。
或者崇高。或者有新见地。
我随意漫步。我说:"你在跑步,
很好。正是跑步的时间。"

现在各个天体的音乐在改变我。
我的行星进入另外一种系统的符号。
树木和草坪和以往不同。
哲学一派一派都死亡。
一切都轻巧,难懂其奥妙。
酱汁、贮存多年的美酒、烤肉。
我们谈论几句地区的集市,
马车旅行中车后面灰尘滚滚,
河流原来的样子,菖蒲的气味。
这比探究自己的梦想得体。
不知不觉中它到来。在这里,形影皆无。
猜不透怎么来的,它无处不在。
让别人操心吧。我得逃学了。
Buona notte. Ciao. Farewell.[1]

---

1 分别为意大利语、意大利语、英语,意为:晚安。再见。后会有期。

十二月一日

这个季节,葡萄园地带一片褐色、深红色。
肥沃平原上方有远山蓝色的轮廓。
太阳落山之前温暖,阴影中凉气返回。
强度桑拿浴之后,在树丛中泳池游泳。
深绿色红松,透明浅色叶子的白桦,
在桦树丛的细密网中,细细的月牙。
我描写此景,因为怀疑哲学
可见的世界是哲学之后留下的一切。

伯克利 一九九〇

但　丁

一无所有，没有土地，没有深水，
周而复始的一年四季。
人人都有各自的命运，
各奔前程，经历悲欢离合，
走进如同星云的尘埃。
分子机器的自动工作，准确无误。
哥伦比亚百合开花呈虎皮花纹，
片刻之后收缩成为黏性的球团。
大树向上生长，挺拔参天。

炼金术士阿利盖里，远远地
脱离你的和谐的竟是疯狂的后续，
我崇敬的宇宙在其中消失，
但是宇宙不识不朽的灵魂，
专注于没有人存在的屏幕。

彩色的便鞋、华丽丝带、戒指
依然在阿尔诺河桥上出售。
我挑选礼物，为泰奥多拉、
艾尔维拉、茱莉亚，还有谁的名字，
和她睡过觉，下过象棋玩耍。
在洗澡间，我坐在浴缸的边缘，
望着她在淡绿色清水中的躯体。
不是看她，是在看脱离了我们的裸体，

它游离开来，躯体不再是我们自己。

理念、词汇、情绪离开了我们，
似乎我们的祖先是另外的物种。
创作情歌，还有婚庆歌曲
和庄严的音乐越来越不容易。

就像对于你，只有这一事依然真实，
La concreata e perpetua sete
（这与生俱来的恒定的欲望），
Del deiformo regno（属于神性的领域），
领域或者王国。因为那里是我的家园。
对此没有办法。我祈求光明，
祈求 L'etterna margarita（永恒珍珠的内核）。

伯克利　一九九〇

意　义

我死去的时候，会看见世界的衬里。
另一面，在鸟雀、青山和夕阳之外。
等待破解的真正的意义。
没有猜透的事物必将猜透。
不理解的事物必将理解。

如果世界没有衬里该如何？
如果树枝摇动并不是征兆，
只是摇动一下而已呢？如果日夜
交替，却不在乎其中有什么涵义，
除了这片大地，大地别无一物？

即使如此，也会有言语留下，
这里，生命短暂的嘴唤醒词语，
言语奔流不息，不懈的使者
在星际的田野，在旋转的星系
发出抗议、呼吁和呼唤。

伯克利　一九八八

卡　佳

两匹马拉的大车上面用榛子树枝支撑了防雨油布，我们就这样旅行两三天，而我一双眼睛凝望着外面，好奇心切。特别是在我们走出耕地森林平原之后进入丘陵地和许多湖泊的地区的时候；关于这些湖泊，我后来才得知是早在冰川时期形成的。那个地区向我揭示了某种完全没有名称的事物，而在今天，我也许可以称之为人在大地上从事的安宁的农业：农村的炊烟、从牧场返回的牛羊、收割燕麦和再生草的收割机、岸边这里那里的小船被波浪晃动。不是说这样的情况在别处没有，但是在这里，这一切浓缩为日常生活的一个封闭的、日常的礼仪和劳作的区域。

晚间，湖边一家农庄接待了我们，十分热情。我的记忆止于返回边界，却不能穿过它，那个地方的名称和主人的姓氏再也回忆不起来，除了卡佳的名字，我凝望了这个小姑娘，想起了她的什么事，虽然她的面容已经不记得，只记得她戴了一条水手的蓝色领巾。

后来的事情出乎意料，卡佳，或者另外一个女孩，完全不认识的，有好几年伴随我们，我们常常问她遇到了什么事。因为归根结底，我们对她十分注意，能够把她抚养大，以此识得她对于我们变得很重要，但是没有丝毫感情的因素掺进我们的想象力。这是对于一位同时代人的思索，她无法选择地点和时间，诞生在这样的而不是那样的家庭里。毫无其他办法，我把她投进从那一时刻起所发生的一切事变之中，亦即，这一百年的、国家的、那个地区的历史。让我们假定：她出嫁了，有一个孩子，被遣送到亚洲，饥饿，身上长了虱子，竭尽一切努力拯救自己和孩子，干粗活重活，不断发现这样一种生存的维度。关于这种维度，还是不说为好，因为与我们关于尊严和道德的概念丝毫没有共同之处。让我们假定：她得知丈夫在古拉格劳改营死了，她到了伊朗，又有过两任丈夫，前后在非洲、英国、美国居住。而儿童时代那个湖畔之家一直在她的梦境中陪伴着她。当然，在我的想象中，我设想我和她作为成人会见的地点和日子（实际上从来没有实现），也许我们的浪漫故事，她的裸体，她的十有八九是黑色的头发，我们二人基本的相似：血液、语言、习俗等。我们想象得很多的是把人们分开的都是什么，认真地说，我俩也许可能结婚的，很好啊，而我们的生平在人们的记忆中会褪色——就像现在正在褪色那样，她实际上有怎样的感触、有什么心思，我是不知道的，也就无法描写了。

哲学家之家

在思考前辈的记述的同时,他知道,自己进入了理性思考的年龄。在人们说血液流动得比较缓慢、欲望与愤怒爆发得越来越少见、接受自己的生存而免去空洞的懊悔之时,这才到了摆脱我们同时代人种种礼俗的时候。他觉得他们的判断可笑,没有什么根据,是凭借着时尚或者动物的体温来重复的。他们的伟人之大名失去了天鹅绒般的华丽,这种华丽要求信赖他们的功绩的持久意义。评价甚高的著作在诚心阅读的时候不太可能掩蔽其缺陷,并且时时显露出其平庸。

在许多幻觉消散之后,他的头脑更急切地投入在现象当中的旅行,或者说,在借助于感觉而呈现出来的全部的事物当中的旅行。汽车车门啪的一声关闭,一个披着绿斗篷的女人快步奔走上楼梯;神道教神庙露台上点着的还愿的蜡烛,酒吧调酒师向戴着褶皱帽子的男人递去一杯酒;一个女人被针刺一下"嗷"地喊一声;在花店里,售货员的手扎成花束的时候剪去花茎末端;皮包骨头瘦的狗在弥漫工厂烟尘、垃圾满地的城郊;大都会不同颜色的汽车通道;地铁通道里无家可归的人伸出的脚。全部存在的或者可能存在的情况和巧合,全部的"因为""如果不"和"但愿"。还有就是数不胜数的理论、主题、信仰、假设、呼吁、坦言——见于雄辩的讲演和书面语言的文字。头脑惊叹岸边溢满流出的多样性：它滑进了威尼斯十人会的秘密会议，进入一个十字军的帐篷，凝望了一个睡眠女人的脸，飞越掠过一个岛屿的高地，在那里，我们的食人族兄弟正在表演歌舞。

共时的多样性，在世界存在的每一分钟和每一秒钟，但是还有另外一种的历时的多样性，它跨越一年、一个世纪、千年、百万年、亿万年。所到之处，头脑都是得允自由旅行的，它轻盈、没有形体，在还没有人出现的世界上方翱翔，观看火山的爆发和恐龙的牧场。

在思考思维的特权之同时，令他感到惊奇的是思维不同于躯体，躯体会死亡，还有就是思维的贪婪，永远不会满足。因为它越是想要收取，避免了它的那些东西就越成长壮大。从追求与获得之间的落差中形成了哲学家所怀有的敬畏，至少是他愿意归属的那一派的哲学家。

他问，形式的不可思议多样性，这样的景象——形式的每一种都出现在特定的一个只适合于它的时间点——这是可能的吗？这样的令人屏气凝神的景象不是为任何人演示——这是可能的吗？思维因为具有一种对于细节的永不减缓的欲求，难道它不凭借这一点表现出它与某种绝对精神、与呈现在空间—时间的每一瞬间见证者的亲缘关系吗？的确，这个剧场必定有一个观看者，虽然演员没有意识到他，就像一片草叶意识不到观看它的人的眼睛。让我们重复现在比其他任何时候都更重要的格言吧：*esse is percipi*——存在就是被观察。

评论

哲学家们有一种有别于普通人的时间量度。他们和柏拉图交谈，倾听托马斯·阿奎纳的论证，访问斯宾诺莎的书房。但是，在《哲学家之家》中谈话的这位哲学家首先由在二十世纪他周围的一切形成的。不难看出，他对形象的嗜好和电影摄像镜头有共同之处，而且他大概常常是坐在一个屏幕前面实现旅行的。这个摄影机不仅提供给他在世界不同国家拍的图片，还潜入大海深处、星际空间，甚至到达其他的行星。无论他转向哪里，他都看到人的照片，背景是农业地区或者城镇，捕捉到他们劳动和闲暇、爱情和打仗的时刻，并且保存下来。偷窥他们赤裸的肉体——健康的、优美的、老迈的、病态的、忍饥挨饿的、因创伤而忍受痛苦的、体育赛事上得奖的。他肯定也喜欢色情照片和影片，这些影视作品把我们个人的特征化为普遍流行的活动——其滑稽程度无与伦比。

还有书籍——毫无疑问，他看到的那类书是他已往先驱者们谁也看不到的。这些书籍描写和图示了古代中国、古代埃及、希腊、波利尼西亚群岛的生活。他逐渐熟悉了各式各样储存酒类的陶罐、各种类型的船帆、嫁衣的色彩、制造攻城机械和制作给眼睑涂彩色的小刷子的银质把柄的艺术。我们这一物种的历史，经过重新阅读后展现在他面前：阅读拼接图的残余部分、死者在宁静和不受干扰情况下长眠三千年的坟墓中的遗物、新发现的诗歌——其作者的名字将永远不为人知。或者，他对所谓的活的自然不断增长的变化性感到诧异，而千年以前的自然景象已经为进化论理论狂热分子所描写。

从他的话里我们可以推论，他参观过很多博物馆和画廊，在那里，一个艺术家的手能够阻拦一个年份、某一天、一个瞬间，而他所触及的一切都是在很久以前发生的。我们可能会怀疑他有在画廊闲逛的习惯，在他的谈论中猜到他具有收藏家、大博物馆馆长对所见展品的种种隐蔽的热情。

因此，匪夷所思的是，二十世纪把哲学家引向全视之眼的理念（我们记得一个三角形里的眼睛），这是一个普遍的见证人的眼睛，甚至是——有谁确知——宇宙的超级馆长的眼睛，或者一个绝对完美的摄影机所有者的眼睛，因为它指向一切。即使旧时的哲学家不断思考上帝的全能，除了徒劳地求解天意之谜，他们之中还没有人选择以我们被技术强化的头脑之某些特征为出发点。他们要把最高者人性化,赋予他人的情感和人的意志,但是他们永远没有尝试强加给他一个摄影记者的激情狂热。

面对大河[*]

一九九五

* 《面对大河》至最末首,由赵刚翻译。

在某个年龄

我们想忏悔罪行,
却不知向谁开口。
白云不愿接受,
清风正四海漫游。
动物们兴致索然。
满怀失望的狗等待着命令,
不知廉耻的猫像往常一样酣然入梦。
有些人似乎近在咫尺,
却不愿听那陈年旧事。
与他人对饮或喝咖啡时,
一俟厌倦的信号出现,
谈话就应立即中止。
按小时付费给有文凭的人,
只为让他倾听,
似乎有点儿自贬身价。
教堂,也许可以去教堂。但去忏悔什么?
说我们自我感觉高贵典雅,
然后在那个位置上是一只让人作呕的癞蛤蟆
肥厚的眼皮半睁半闭,
一切就都再清楚不过:"是我"。

朗　诵

巴黎有一个学生，
出生之地名曰"无处"，
某日，他收到一张著名诗人的朗诵会入场券，
地点在法兰西学院。

那些公爵夫人和伯爵夫人
身着最时髦的长裙，
发式精心打理，
以此显示对诗人的尊重。
众所周知，
是她们筹办了这些属于他的夜晚，
出席的都是大人物。

保罗·瓦雷里[1]看上去
与照片上毫无二致：
颌下一副短须
一个浅色眼睛、神情专注的青年
只是头发已经斑白，
但动作依然矫健。

他把一些卡片平摊在桌上，
双手灵巧，

1　保罗·瓦雷里（Paul Valéry，1871—1945），法国诗人。

按照逻辑顺序
朗读主句、从句,
讨论美学认知的
固定特点,
从中必定要得出
艺术的永恒魅力。

他的听众,那个学生,
此刻正身处他方:
惊吓得头发倒竖,
侧耳倾听搜捕者的喧嚷,
他逃过冰封的原野,
而朋友和敌人的不幸灵魂
都留在那里面
隔着冰封的铁丝网。

然而他足够聪颖,
足以欣赏诗人
竟能礼貌地容忍
那令人不快的场合:
那些出于善意的夫人,
附庸风雅者和他们的掌声,
还有他这个世纪的
嗜血与战争。

因为朗诵者只是
假装与他们同在。

实际上他寂然枯坐,
数着一个个音节。
建筑的奴仆,
各类水晶的拥有者,
他与凡夫俗子们愚蠢的事务
保持距离。

遗憾,真遗憾,
欢笑与哭泣,
信仰与绝望,
屈辱和恐怖都已消逝。
风用雪花覆盖了那些印迹,
大地带走了所有的尖叫,
如今已无人记得,
那是怎么回事,何时发生。

只有金光闪闪的十音节诗
在持续,
且将一直继续,
凭着自身和谐的原因。
而我,后来,带着一丝愁绪
回到他的大海墓地,
在每天被开启的中午时分。

为什么

为什么高亢的歌声不能上达天庭?
那是承载感恩与永恒赞美的歌声。

那些被侮辱、被掠夺、被玷污、被屠杀者,
还有在铁丝网里备受折磨者的哀求,
难道这一切都未被倾听?

他从恶徒贪婪的嘴巴里拔去牙齿,
推翻了那个妄想世代统治的强人。

自吹自擂者的纪念碑倒卧荨麻丛,
黑暗降临到自信满满的帝国上空。

世世代代对公平的等待皆是枉然?
对天国审判的信仰也已化为泡影?

无边的山谷里尽是被剥夺了希望的面孔,
而那些终于等到这一天的人却被禁止欢庆?

人们忘记重唱 *Te Deum*[1] 和赞美上帝。
在沉默中说出口的是隐身的上帝之名。

---

1 拉丁文,《我们赞美你》。基督教早期祈祷歌。

没人描绘身披亮甲的巨人,
在战场上空的云朵中穿行。

他说:"复仇是我的,惩罚之臂是我的。
是我选择那个千年的日子与时辰。"

在他的护卫之盾后面,我们享受安宁,
不幸向我们袭来,却不能得逞。

在至尊闪电映照的天空下,人类的盛会何在,
哪里又是对上帝作品的卑微思忖?

胆小者揉搓双眼,只知道罪恶没有上限。
只要兴奋地呼喊,他立刻会带着双倍的力量复临。

他们继续凝望空中的信号:火轮、枯枝和十字架,
铭记历史这个词,它又以灾祸著称。

卡普里岛 [1]

我是个在维尔诺初领圣体的孩子,
后来,
热情的修女递给我一杯可可。

我是个老人,还记得那个六月的清晨:
无罪者的陶醉,洁白的桌布,
阳光照在插着芍药花的花瓶。

Qu'as tu fait, qu'as tu fait de ta vie? [2]
各种声音在呼唤,
用在两个大陆上漂泊时搜集到的各种语言。
你把自己的生命怎么了?
怎么了?
慢慢地,小心地,当使命已经完成,
我沉入过去时光的风景,

那时光是我的世纪,在那个世纪,而非其他任何世纪,
我受命降生、工作,并且留下足迹。

那些修女确曾存在,假如我回到那里,
还是原来的自己,但意识却已不同,

---

1 卡普里岛是第勒尼安海中岛屿,属意大利。
2 法文,对于你的生命,你做了什么?

我会注视她们逐渐模糊的面容，
努力将它们留在记忆中。

还有马车和被闪电照亮的马臀
抑或远处大炮的闪光持续不停。

农舍屋顶上炊烟缭绕，
宽阔的沙路穿过松林。

那些国度和城市，只能寂寂无名，
我能跟谁说清，它们的旗帜和徽章曾几度变更？

我们早已收到召唤，但一直不曾读懂，
只是慢慢才发现，
我们是多么唯命是从。

河水一如从前，从圣雅各教堂旁流过，
我置身于此，带着自己的愚蠢，
这让我羞惭，尽管我深知，
即便更聪明些，大概也于事无补。

现在我知道，要让计划执行得扭曲和不彻底，
愚蠢都是不可或缺的因素。

而那条河，连同垃圾堆和污染源，
流过我的青春，
警示我不要去怀念人间的净土。

然而在那里,在那条河上,我曾感受完美的幸福,
那是超越一切思想和关怀的愉悦,
至今仍在我的身体里常驻。

犹如童年时小河边上的幸福,
按照野蛮征服者的意愿,
公园里的橡树和椴树都应被根除。

我赞美你们,河流,我能叫出你们的名字,
一如母亲曾经叫过的那样,带着敬意和温柔。

谁敢说:我受到召唤,所以神力护佑我,
躲过了身旁呼啸的子弹。它们打进沙粒,
或者在我脑袋旁边的墙上画出图案。

从睡梦中的拘留到解释,
结局是坐上运牛的车厢,开始一段没人能活着回来的旅程?
从为了被登记而听从命令开始,
不听话的人何时能够活命?

是的,但是他们中的每个人,
难道没有向自己的神明祈祷、恳求:救命!

太阳同样升起在酷刑集中营,
迄今为止我仍通过他们的眼睛看到,旭日如何东升。

我是个年近八旬的旅客,从旧金山飞往法兰克福和罗马,

曾经,从谢泰伊涅[1]到达维尔诺
我坐马车走了三天。

我乘的是汉莎航空,空姐多么可爱,他们这里如此文明,
以至于仍记着"他们是什么人",似乎有些不近人情。

在卡普里岛,欢庆的人们邀我
参加不断重开的露天盛宴。

女人裸露的香肩、拉着琴弓的手腕,
在晚礼服、冷光源和闪光灯之间,
为我开启了和我们这个种族的放纵和谐相处的瞬间。

信仰天堂和地狱、哲学迷宫,还有用斋戒自虐身体
这些对他们来说纯属多余。

然而他们害怕一些难以避免的信号:
乳房肿块、血尿或血压升高。

此时他们肯定会知道,我们所有人都将受召,
每个男人和女人,都将思考各自命运的奇妙。

---

[1] 谢泰伊涅是米沃什的出生地,位于今立陶宛维尔诺附近。

我正与我的时代一同离去,准备接受审判,
它会把我算在时代的幽灵中间。

如果我做了些什么,那只是一个虔诚的少年,
在各种伪装之中,努力搜寻遗失的现实。

追寻上帝在我们身体和血液中的真实存在,
它们同时也是面包和葡萄酒。

上帝伟大慈悲的召唤,
不同于记忆稍纵即逝的尘世法则。

报　告

啊，至上的主呀，你想将我塑造成诗人，
此时此刻，我该向你呈交报告。

我的内心充满感激，
尽管我已领教这一行的艰辛。

在这一行里，
能了解太多人类怪异的天性。

每年、每天的每个时辰
人们都被虚幻掌控。

他们建造沙堡，收集邮票，
对镜自赏时沉醉于虚幻之中。

还有在运动、权力和爱情，
以及在弄钱方面，
总认为自己应该捷足先登。

我们身处一条脆弱的界限，
边界那边就是抱怨和牢骚的家园。

因为在每个人心里，都有一只发疯的兔子四处乱窜，
还有狼群嚎叫，连我们自己都害怕被别人听见。

诗歌来自虚幻,它承认这个缺陷。

虽然只有在忆起从前的诗句时,
作者才会对虚幻羞愧难言。

然而他不能忍受身旁有别的诗人,
如果怀疑对方会超越自己,
立刻会嫉妒其获得的每一声赞叹。

他不仅准备杀死对方,
还要彻底碾碎,将其从地球上抹掉。

直到剩他独自一人,对追逐微末虚幻的臣民,
展现自己的慷慨和慈善。

那么到底为何,从如此低微的开始,
能诞生出美妙的诗篇?

我搜集了各国诗人的书籍,
此刻正细细品读,满怀赞叹。

一想到自己是永不止歇的远征中的一员,
我就感到无比甜蜜,尽管时光飞逝如烟。

这场远征,不是为寻找完美形式的金羊毛,
而是像爱情一样,是一种必然。

对橡树的本质、对山峦的顶峰，
对黄蜂和旱金莲的无比眷恋，
迫使这场远征延续不断。

为了在延续的同时，
让词句证明我们面对死亡时的雍容。

还要证明，我们以诚挚之心惦念着，
那些如我们一般存在过、追求过，却寂寂无名的人们。

因为在这片大地上存在过本身，
就远非任何姓名可以形容。

我们如兄弟般彼此相搀，忘记所有龃龉，
一些人把另一些人的话译成别的语言，
真的，我们都是漂泊队伍中的一员。

因此，我怎能不心怀感激，如果我是被较早召唤的一个，
而难以理解的矛盾，却没有夺走我的赞叹？

每当太阳升起，我都会抛弃对夜晚的疑虑，
去迎接新的一天，宝贵的、虚幻的一天。

立陶宛,五十二年后

女　神

盖亚,混沌的长女,
她以青草和树木装饰,愉悦我们的双睛,
让我们能够异口同声地为美好事物定名,
能够与尘世间的每一位行者分享这欢欣。

让我们以自己和祖先之名向它们致谢,
为橡树和它们粗糙的树皮,以及它们的庄严神圣,
感谢松树,它们的树干在阳光中火红如炬。
感谢春天里,白桦树林铺展开的无边绿云,
还有秋日森林里那熊熊的烛台——山杨树林。

我们的园中有多少种梨树和苹果树!
人们按照斯特鲁米沃[1]在《北方花园》中的建议认真管护。
红醋栗、鹅莓、山茱萸和小檗,
可以用来煮出各种美味的果酱,
女主人在炉火前站得太久,脸庞也因而变得通红。

还有一个专门用来种植草药的角落,
都按照吉日茨基[1]的《经济技术绿植》栽培,

---

1 约瑟夫·斯特鲁米沃(Józef Strumłło,1774—1847),立陶宛植物学家、园艺家。

用它们制作药水和药膏，供庄园的药房使用。

还有采蘑菇！采集橡树林中体型硕大的牛肝菌，
把它们穿成串，一个挨一个，挂在屋檐下晾干。
去采松乳菇的时候，总能听到远处猎人的号角声声，
松乳菇的汁把手中的小刀染成橘红。

盖亚！无论如何，请保留你的四季。
从冰雪中探出头来，带着春日溪流的欢声细语，
请你着上盛装，为了他们，为了我们的后人，
至少要给城市的中心公园披上绿意，
还有让果园里的矮苹果树繁花似锦，
我寄上自己的请求，你谦卑的儿子。

---

1 应为约瑟夫·杰拉德·维热茨基（Wyżycki），米沃什将其误写为吉日茨基（Giżycki）。

庄　园

房屋没有了，公园还在，虽说老树已被砍伐殆尽，
从前的小径淹没在荒草之间。
城堡般的白色谷仓和地窖都已拆除，
地窖里曾摆满冬天储藏苹果的木架。
下坡路上的车辙一如从前：
在哪儿拐弯我都记得一清二楚。
只是那条河流已经面目全非，
它的颜色如锈色的汽车机油，
没有了芦苇丛也没有了睡莲。
蜜蜂逡巡往返的菩提树大道也消失无踪，
还有马蜂和大黄蜂终日畅饮的果园，
一切都分解、湮灭在蓟草和荨麻丛之间。
我虽和此地相距遥远，
但年复一年，一道枝叶凋残，
一同被白雪覆盖，同辈日渐萧疏。
再次相聚，都已是垂垂暮年。

让我好奇的是，烟从金属管道，而不是从前的烟囱里冒出，
飘荡在木板和砖头胡乱拼凑的工棚上边，

在野草和灌木丛里,我认出了 Sambucus nigra[1]。

赞美生活,只为它还在延续,贫穷而勉强将就。
他们吃了自己的面条和土豆,
至少在漫漫严冬,还有东西可拿来生火取暖。

---

[1] 拉丁文,欧洲接骨木。

某个地方

我没对任何人说起,我非常熟悉此地。
干吗要说呢?就仿佛一位持矛的猎人,
在这里现身,寻找曾经存在的东西。
在多次轮回之后,我们回到了大地,
但不确定,是否还能认出它的面容。
从前的村庄和果园,只剩下连片的田地。
森森古木,变成片片幼林。
水位被降低,林边的草地已了无踪迹,
消失的还有杜香的香气、毒蛇和黑松鸡。
这里本应有一条小河。它还在,但已隐没在灌木丛里,
从前它是从草地上流过。还有两个水塘,
一定已漂满浮萍,直到被黑土地彻底吸收干净。
小湖波光粼粼,但岸边却已不见莎草,
我和 X 姑娘游泳时,我们曾经钻进草丛里,
为了之后能用一条毛巾擦拭而手舞足蹈。

这我喜欢

X姑娘曾经存在的唯一证据是我的文字。
我在这里多久,
她就停留在,她曾深爱的那些地方附近。

她一头深棕色的发丝,接近于栗色,
那是我们这儿贵族妇女常见的色泽。
灰色的双眸,略微泛蓝,
又泛些绿色,眼睑侧影,
有些东方神韵。要不是脸型修长,
双颊会显得突出。
实际上眉弓处有些日本风韵。

若非每个anima[1]的秘密,
那些嘲笑者或许不无道理,
人的足迹会渐渐逝去。

但是她在这里,在自己的领地,
就像歌谣《我喜欢》[2]中从不现身的水精灵。
她将慢慢地离开或者说飞离这里,
与我一同从这个世界离去。

---

1 拉丁文,生命个体。
2《我喜欢》是波兰著名浪漫主义诗人亚当·密茨凯维奇的作品。

谁?

栗树的嫩叶,在红色街灯后面飘摇。
看到它的人是谁?
他从何而来,向去往何处,
在他之后来的人是谁?
看到相同又不同的景物,
是因为有不同的脉搏跳动?

那些大树的树冠,遮盖住上坡的道路,
它们彼此倾身,在这条林荫大道上,
形成一条树干的柱廊,外边是一片开阔的光明世界。
这一切是为了谁?在每次回眸时,
它又如何变幻?

做你们自己吧,大地万物,请做你们自己。
不要指望我们、指望我们的呼吸,
不要指望狡诈的眼中那些幻想。
我们思念你们,思念你们的本质,
希望你们延续你们自己,
那些纯净的、未被任何人窥视的东西。

青春之城

不活着更帅气。而活着并不帅气,
这么说的,是个多年后重回故里的人,
这里留着他的青春。
那些曾经走在这些街道上的人,
都已不见踪影,
此刻他们已一无所有,除了他的眼睛。
他走在路上,脚下磕磕碰碰,看不到曾经的路人,
只看到他们也曾喜爱的灯光,
和重又开放的丁香。
他的双腿,无论如何,
要比那些已不存在的腿完美。
肺吸进空气,就像所有活着的人,
心脏惊异于自己仍在跳动。
他们的血流淌在他的身体里,
他的动脉为他们提供了氧气。
在自己的身体里感受他们的肝脏、胰脏和肚肠,
男性性征和女性性征,那些逝去的,在他身体里重逢,
还有每一点羞涩,每一次忧伤,每一段爱情。
如果我们可以触及智慧,
他想,那么在同情的一刻,
当区隔我们的东西消失时,
丁香枝头的雨滴,
会同时滴落在他的、她的和我的脸上。

草 地

那是在干草收割之前,河畔一片繁茂的草地,
一个阳光明媚的六月天。
我用一生寻觅,终于找到它,认出它:
那里生长的青草和鲜花,那个孩子全都十分熟悉。
通过微合的眼睑,我把四周的光线吮吸。
香气将我周身包裹,所有的认知都已停止。
我突然感到自己在消融,幸福得开始哭泣。

在加勒比海岛屿上翻译安娜·希维尔什琴斯卡[1]

我躺在香蕉树旁、泳池边的躺椅上，
赤裸的卡罗尔，在泳池里徜徉，
时而自由泳，时而蛙泳，
我叫住她，问她一个同义词。然后又陷入
那嘟噜嘟噜的波兰语，陷入无尽的冥想。

由于思想和肉体的脆弱，
由于你对我们命运的柔情，
我召唤你，你将在人们中间
虽然你曾在诗中写道："我不存在。"
"我不存在，多么愉快。"
但这绝不意味着 I do not exist[2]，
也并非 Je n'existe pas[3]，而是斯拉夫语的
Mene netu[4]，仿佛来自东方。

而实际上，在赞美存在的同时：
爱抚的愉悦，在沙滩上奔跑的愉悦，
山中漫步的愉悦，甚至耙干草的愉悦，
你渐渐消失，为了以非人的形式延续。

---

1 安娜·希维尔什琴斯卡（Anna świrszczyńska, 1909—1984），波兰女诗人、剧作家、散文家。
2 英文，我不存在。
3 法文，我不存在。
4 用拉丁字母转写的俄文，我不存在。

当我最后一次看到你，
就明白了，为什么他们不喜欢你，
和你的诗。带着你那白色的刘海儿，
你只能骑上扫帚，把魔鬼当情人，

而你还到处散布
大脚趾、女性孔洞、脉搏和大肠的哲学。

对你诗歌的定义：我们做任何事时
都在渴望、热爱、拥有和痛苦，
那只是暂时之事，
因为在别的某处，必定还有另外的、真正的和持久的东西，
尽管我们完全不清楚，什么是永恒。

而肉体是最具神秘性，
因为必死无疑的它，想保持洁净，
想摆脱那个喊着"我！"的灵魂。

形而上学的女诗人——安娜·希维尔什琴斯卡
倒立时感觉最佳。

致良心

一

恳求你,我的良心,请给我松绑。
我还有很多账要结,很多话要讲。
你绵绵不绝的低语让我有些怯懦。
比如今天,在读一个疯癫老女人的故事时,
我又看到了——且叫她,普里西拉,
我惊异于竟能有办法称呼她,
对人们来说这无关紧要。所以这个普里西拉,
一个老太婆,牙龈状况非常糟,
此刻,我正要回到她那里,
为了举行仪式,并赋予她永恒的青春。
我引入河流,绿色的山峦,
被雨水打湿的鸢尾花。
当然还有交谈。"你知道,"我说,"我从来都猜不透,
你在想什么,"

"而且永远也无法弄清。我有一个问题,
没有任何答案。"而你,良心,
已经在插手,打断我们的交谈,
对名字和姓氏、对所有的现实,
还有那些确实平凡和可笑的人,
都不怀好感。

二

良心，我肯定无法以另一种方式生存。
要不是你，我一定已经死去。你的咒语
在我耳中萦绕，充盈我的全身，
我只能重复它，而不是思考
关于我的坏性格、关于世界的堕落，
或是关于遗失的洗衣房小票。
我觉得，
当其他人热爱、仇恨、绝望、追求时，
我只是忙于倾听你模糊的曲调，
好将它们变成词句。
应该接受自己的命运，如今人们称它为业报，
因为它是怎样就是怎样，虽然并非我的选择，
每天起来工作，让它变得美妙，
尽管其中既无我的罪责，也无我的功劳。

三

两个五岁的男孩儿,站在夜场卡巴莱歌舞剧[1]的海报前,
画面上美艳的舞女,正整理长筒袜的束带,
他们彼此说些什么,或者只是在观看,
看那像蜥蜴腿肚一样白皙的大腿。

良心,回想起童年时在大人世界里的恐惧
我明白了,你是谁。

在他们的夜晚,远处的枪炮声和地平线上的火光,
低沉的轰鸣、厮杀、沉重的喘息,
让孩子的心灵充满惊恐。而你,旅人,
如此悲天悯人,以致扭过脸去。

你是无辜者和无助者之友,
他们就像那个富裕的年轻人,思念那个王国,
他是如此单纯,听到一句恶言都会双颊绯红。
那时他真的饱受折磨,大概正因如此,
在短暂的一生之后,他被送上了祭坛[2]。

---

[1] 卡巴莱音乐起初是一种在夜总会演出的歌厅式音乐剧,后来发展成表现政治、经济和民生的音乐形式,文学性极强。在20世纪二三十年代流行于欧洲。
[2] 圣·斯塔尼斯瓦夫·考斯特卡。——原注

博物馆的墙壁

这是雕凿出的河流景象。
主河道是疤痕累累的树干,
枝枝杈杈构成大河的支流。
人们似乎想把牢记的大树
与雄浑的河流联系在一起,
二者在大地万物中至臻至善。
建筑的正面用大理石板镶嵌,
俯视着残破的街道构成的平原,
街道千篇一律,无边无际,
似乎延伸到地平线之外。
在垃圾场燃烧的烟雾里,
麻风病扫荡后的城市里,
互相残杀的穷人四处游荡,
配备灵敏武器的警车转来转去。
当大客车送我们去参加博物馆里举行的仪式,
窗外的喧哗和咒骂声声入耳,
而欢迎我们的是微笑和宁静。

一个艺术家的生平

这么多罪责和如此的美丽!
这些风景在孟夏宁静的繁华里,
傍晚时分,湖泊里的港湾隐进绿荫,
此时身着明黄色长裙的使者跑来迎候,
带着巨大的光球作为献礼。
或者他的肖像画。
大概只有柔情会如此小心地运笔,
沿着那痛苦的眼睛的眼皮,
沿着因痛苦而紧闭的嘴边的细纹。
他如何能做到? 关于他的生平
我们有所了解。他每天都意识到
自己造成的伤害。我想,他能意识到。
他不在意自己那许给地狱的灵魂,
只要他的作品仍明亮而纯净。

人间乐园：地狱

假如没有人间，是否还有地狱？
地狱里折磨人的工具，都是人类的用具：
餐刀、菜刀、钻头、灌肠器。
还有用来制造地狱噪声的乐器：
长号、皮鼓、机械长笛和竖琴
可怜的永恒遭谴者被编入琴弦。
地狱中的流水被永恒冬天的严寒切断。
战争集会、冰上的游行
在燃烧的城市发出的烟雾般的血色红光下面。
肮脏的乡村饭馆里，桌椅全都摇摇欲坠。
戴着头巾的女人们，廉价，只需一磅牛肉就能拥有。
还有很多忙忙碌碌的刽子手，
在自己的行当里动作敏捷、得心应手。
所以可以得出结论，即人类存在就是为了，
给地狱供给物品，并且向那里移民，
地狱的本质在于持续。除此之外的一切：
天堂、深渊、环绕的世界，都只是一瞬。
地狱里的时间不想停下。恐惧和无聊在一起
（这当然有可能）。而轻率的我们
总是在追逐，并且始终怀有希望，
我们像舞蹈和服装一样稍纵即逝
让我们请求吧，请他终有一天，
饶恕我们免于这持续的状态。

现实主义

如果能欣赏荷兰绘画,
我们就还不算太糟。就是说,
一两百年来人们对我们说的话,
我们都以耸耸肩草草作答。
虽然失去了很多过去的自信,
但我们认同,窗外那些树也许存在,
只是假装枝繁叶茂、绿意浓浓,
而语言总是输给分子群。
然而在这里,面包、锡盘、
剥开一半的柠檬、核桃和面包,
一切都在延续,而且如此强烈,
让人很难不相信。
抽象艺术羞愧难当,
虽然我们不适合任何其他艺术。
所以我走进那些风景,
头顶是乌云密布的天空,光线从天而降,
在晦暗的平原中间,照出一片光影。
间或照在港湾的岸边,那里有茅屋、小船,
和泛黄的冰面上小小的人影。
曾经短促地存在,就此化为永恒,
瞬间的存在和瞬间的消逝。

光辉（完全不可思议）
笼罩龟裂的墙壁、垃圾堆、
饭馆的地板、穷人的罩衫、
扫帚和案板上血迹斑斑的鱼。
欢乐吧，感激吧！所以我放开喉咙
加入他们的合唱，
在襞襟[1]、皮铠甲和绸缎短裙之间，
我已是早已逝去的他们中的一员。
而歌声像香炉里的青烟向上升腾。

---

1 襞襟是一种用于装饰衣领的丝织品，16世纪中期至17世纪中期流行于西欧地区的上流社会。

还有一个矛盾

我是否实现了,该在世间实现的一切?
我曾是白云下面,那所房子里的客人,
那里有河流奔腾,有粮食年年复生。
受到召唤又如何,如果还不太清醒?

假如有下一次,我会及早把智慧找寻。
不会再假装,自己可以与其他人相同。
从中能得到的,只有邪恶和苦痛。

在放弃的同时,于命运我会选择顺从。
我会驯化自己狼的眼睛和贪婪的喉咙。
某个空中修道院的居民,
俯瞰下方城市里灯火阑珊的风景,
或者俯瞰溪流、小桥和古老的雪松,
我只能把一个任务担承。

然而那时它肯定无法完成。

哎呼！

的确，我们的部落就像蜜蜂。
搜集智慧的蜂蜜，传递，然后封闭在蜂巢里。
我可以几个小时
在中央图书馆的迷宫里逡巡，
从一层到另一层。
但是昨天，在找寻大师和先知们的语录时，
我抵达了最上层。
那里几乎从未有人涉足。
我拿来典籍，却什么也读不懂，
因为文字已经漫漶，从页面上消失无踪。
哎呼！——我喊道——那么这就是你们的结局？
你们的结局，啊，圣贤们，你们的胡须和发套，
烛光下度过的漫漫长夜，还有妻子的唠叨。
所以那些拯救世人的寄语就永久地陷入了沉寂？

那天在家里熬果酱，你们的狗睡在火旁。
它醒来打个哈欠，然后看看你们，
仿佛一切都早已明了。

皮尔逊学院 [1]

皮尔逊学院大门上的铸铁
还有在那段逝去的生命中
四不像的驻留。忘却
和记忆。在一起,怎么可能?
那个老教授,说话带口音,
他上关于《群魔》的讨论课,
在拜内克古籍善本图书馆里,
读约瑟夫·康拉德用铅笔潦草写就的
《黑暗之心》手稿,
还有认真誊写的长篇小说《拉祖莫夫》(《在西方的
眼中》)草稿,
他是否将自己化身为那个年轻人,
从鲍法沃瓦山送路德维克走过小波胡兰卡街,
又从那里去托马什·赞阅览室,
借一本关于海上奇遇的书?
在边境上。在倒下之前,
现在,这里。在"我"变成"他"之前。

---

[1] 耶鲁大学的 12 个住宿学院之一。

质量在世纪末变成数量,
而地上的生活已经不同以往。
是好是坏,谁知道,反正是不一样。
虽然对他们、那些学生来说,
什么路德维克,从未存在过,
老教授激昂的声调也让他们好笑,
仿佛世界的命运真的取决于真理。

萨拉热窝

——请别把它当作一首诗,我只是说出我的感受

现在需要一场革命,但那些曾经热血沸腾的人却冷冰冰。

当这个被屠杀、被践踏的国家呼唤他信任的欧洲,祈求伸出援手,他们却哈欠连天。

当他们的政治家选择恶行,却无人敢于挺身而出。

那些被激情燃烧要再造地球的青年发起的暴动是骗人的,那一代人此刻在给自己做出判决。

冷漠对待垂死者的呼喊,因为那是些彼此残杀的黑皮肤野蛮人。

大腹便便者的生命比饥馑者更加值钱。

现在我们发现,他们的欧洲就是彻头彻尾的说教,因为虚无是它的信仰和基础。

虚无，正如先知们一再重复，只能诞生新的虚无，他们再一次像那些运往屠宰场的牲畜。

让他们颤抖，在最后一刻看到，自此萨拉热窝一词，将象征他们儿子的灾祸和女儿的耻辱。

他们在准备这一切，同时自我保证："至少我们是安全的"。而与此同时，将击倒他们的东西，正在他们内心成熟。

致艾伦·金斯伯格[1]

艾伦！好人，一个屠杀世纪的伟大诗人！你执着于疯狂，终于获得了智慧。

我向你坦承，我的一生并非如我所愿。

而此刻，当一切已逝，它如无用的旧轮胎躺在路边。

它与千百万人的生命别无二致，你曾以诗歌和无处不在的上帝之名，反抗这样的生命。

它臣服于习俗，尽管知道这荒谬绝伦，也屈从于每天清晨必须去上班的清规戒律。

带着无法满足的渴望，甚至带着难以满足的呼喊和以头撞墙的欲望，带着不断向自己重复的一句禁令："不能"。

---

1 艾伦·金斯伯格（Allen Ginsberg，1926—1997），美国诗人，"垮掉的一代"的领袖诗人。

不能放纵自己、允许自己什么都不做，不能考虑自己的痛苦、去求助于医院和心理医生。

不能这么做是因为责任，但也是因为，害怕那些力量一旦释放就会让我们现出小丑的原形。

我生活在巨人般的美国，一头短发，胡须刮得干干净净，打着领带，每晚在电视机前喝着波本威士忌。

恶魔般的欲望侏儒在我内心翻腾，我意识到他们的存在，却只是耸耸肩：它们会随生命一同消逝无踪。

恐惧正悄悄降临，我必须装作若无其事，装作受祝福的正常，让我和其他人没什么不同。

视觉流派也可以是这样，没有毒品和凡·高割下的耳朵，没有医院铁栅后面那些最出色的头脑。

我曾是一件乐器，我倾听，从模糊的合唱中抓出那些声音，连同逗号和句号，翻译成直白的语句。

我嫉妒你的勇气，来自绝对的挑战、炽热的话语和先知强烈的诅咒。

讥讽者们羞愧的笑容保存在博物馆里，那不是什么伟大的艺术，却是无信仰的纪念物。

当你亵渎的尖叫还回荡在霓虹灯沙漠之中，人类部族在那沙漠里迷失方向，注定认不清现实。

沃尔特·惠特曼一边听一边说：是的，就应该是这样，应该把男人和女人的身体，带到一切都是圆满的地方，在那里，他们将从此生活在每一个变幻的瞬间。

而你日记中的唠叨，你的下巴和项链，还有那个时代反抗者的衣裳都将得到原谅。

因为我们没有寻找完美的东西，我们寻找的是从永不止息的追求中留下的东西。

记着幸福的缘分意味着什么，语言和环境的巧合意味着什么，还有后来发现是无可避免的，浮云点点的清晨。

我不要求你献出如法兰西平原上高耸的中世纪大教堂般的鸿篇巨制。

我也曾有过这样的希望，而且为此笔耕不辍，但刚到半途就已明了，非同凡响正变成稀松平常。

在信仰和语言的行星混合体中,我们并不会比纺车和晶体管的发明者更让人永志不忘。

请接受我的致敬,我曾这样与众不同,但却执行着同样难以言说的义务。

由于缺乏更好的表述,我暂且将其称之为写诗行动。

蜘 蛛 人

人头攒动,电车停驶,是示威吗?
奥克兰,一九一九年。
那时所有人都戴着礼帽。人人翘首眺望。
不,不是看演讲者,是个蜘蛛人,
正沿着大厦的墙壁垂直攀升。

可怜的蜘蛛人,在高空伸展。
一英寸一英寸地移动,试着抓住什么。
下面是那些礼帽。会坠落吗?还是不会?

他们站在照片上,是一群平民运动会、
拳击比赛、流动马戏团帐篷里的杂技表演、
摔跤搏斗,还有角斗场上鲜血的爱好者。

我不是人类种族的朋友,
虽然我曾假装如此,
仿佛我薄薄的皮肤和我的挑剔
对此不持否定态度。

——但是这里那些人,温血的人们,多少双眼睛、
多少肌肉、皮肤的色泽、嘴巴的侧影,
大概所有人都已死去,这只是他们的影子。

——给他们如此短促的生命,完全正确。

过　去

一

森林矗立水边,四周万籁俱寂。
尖嘴鸊鷉在湖水港湾里游来游去,
小群白眉鸭停在明亮的深水区中央。
那个下令在此建房的人,
想着彻底砍伐橡树林,
想着沿涅曼河运输的驳船,
想着在夜晚烛光下清点杜卡特[1]金币。

---

[1] 杜卡特是古代威尼斯的货币,来自拜占庭杜卡王朝,欧洲从中世纪后期至20世纪初作为流通货币使用的金币或银币。

二

暴风雨后,公园里的桦树陷入沉寂。
女孩儿沿着小径跑到下水的地方,
她从头顶脱下裙子,扔到长椅上,
(没穿内裤,尽管一个法国女人发出尖叫),
水波轻柔的爱抚,让她心旷神怡,
泳姿是自学的狗刨式,
她游向没有树影婆娑的光亮之地。

三

伙伴们坐在船上,
是些穿着泳衣的先生和女士。
这个场景将留在男孩儿的记忆里,
他掌心的生命线很短。
夜晚,他去学习探戈。伊莱娜女士
带着成熟女性的微笑领他起舞,
把一个青年男子引入神秘。
外面有一群猫头鹰对着门廊叫个不停。

波点连衣裙

波点连衣裙,我对她的了解仅止于此。
背着猎枪穿行在林间,
我碰到她,与米哈乌躺在一起,
身下是铺开的毛毯。
一个娇嫩的少妇。
似乎是个军官之妻。
一定是叫佐霞。

黄昏时分,我来到黑水边。
他们所有人都已死去,这是发生在很久以前。

愿你获得安宁,佐霞,还有你的那些艳遇,
度假时有点儿小期待,
原本不足为奇:
卡片上的棕发男人,或者像米哈乌那样的金发男子,
只是期待在哈欠连天、与女伴煲电话粥和咖啡馆的点心之外,
能出现些改变而已。
好奇与无聊将我们引向罪恶,
但除此之外,我们完全无辜。

佐霞,你要明白,当我想认真思考你的人生时,
是多么艰难。
即便在这里,你为我存在,可要找到你内心独有的
东西,

尽管它隐藏在普通的形式里,也依然充满谜团。

也许你曾建造街垒。
也许你曾为生病的孩子无私奉献。

也许忍受着伤痛和疾病,
你已达到了放弃的最高程度。
无论如何,你是否与你那燃烧的城市一同死去,
还是在垂暮之年,辨不出往昔的街道,迷失在这城市中间,
我试图始终和你在一起,但徒劳无功。
只能触碰你那过于浑圆的乳房,
记着那条印着白点的红色连衣裙。

柏拉图对话集

我们总是在周末和父亲一起去鞑靼人大街的澡堂。

总是郑重地要求每个人能够得到一张窄床,都在大厅里,但彼此隔开,就像火车上的包厢。

接下来在敞开的门里,一切都变得不一样,蒸腾的雾气使灯光昏暗,赤裸的人影在眼前摇荡。

从水龙头接一盆冷水,端着爬上架子,爬到能忍受的高度,裸体的人们用树枝鞭打自己,发出的叫喊声在四周回响。

男人的雄心让他要坚持足够长,直到热度让敏感的皮肤,开始感受到白桦枝的每一下触碰,都像皮鞭抽打一样。

发出嚎叫是一种仪式,而且表明,已经到了忍受的极限。

回到大厅，听听胖男人们之间的交谈，他们躺在自己的床铺上，盖着被单。

常客们在那里：富裕的工匠、低级警员和犹太商人。

他们的对话很难被称为柏拉图对话，但也相差不远。

为尤斯蒂娜宽衣

《涅曼河畔》出版于一八八八年。这部描绘乡村的波兰语小说,其作者奥热什科娃是当时"解放的"女性之一。虽然她只有普通的庄园小姐的教育程度,但政治事件迫使她开始独立写作的生涯。一八六三年波兰爆发了反抗沙俄的起义,她的丈夫被流放至西伯利亚。两人的婚姻——一开始就不顺利——最终瓦解,但离婚手续拖了好几年才办妥。她所在的农庄被收缴,沙皇政权认定她是危险的民主分子,派警察日夜监视。她的一生,大多数时间被迫住在格罗德诺(现白俄罗斯境内)。她以笔谋生。她与囚徒无异,(通过泛读多个语种的作品)自学成才,她的短篇和长篇小说都为弱势群体,即女性和犹太人,鸣不平。小说的人物源自她身边的人——农民、犹太匠人和小资产阶级。

《涅曼河畔》的故事发生在一个村庄和它附近的庄园里。庄园里有一位年轻女子尤斯蒂娜,是庄园主的穷亲戚。她并没有靠婚姻进入上层阶级,而是爱上了村里的小伙雅涅克,嫁给了他,靠双手养活自己、成了农民。小说富有政治色彩,但出于审查被削弱了些。村子几英里开外的树林里有一片坟墓,埋着村里许多死于起义的小伙。雅涅克和尤斯蒂娜会去那儿扫墓,提醒着他们拥有共同的事业,他们的感情也越来越深。他们也会去村庄创始人杨和采齐里亚的墓地。据说,一个王室姑娘和一个庶民男子私奔到了这片原始森林,不断伐木劈出了一片空间,和后人定居于此;村民都姓包哈狄洛维奇,村子有自己的盾形纹章,是一位国王赐予的,当时他外出狩猎意外发现了密林深处人丁兴旺的小村。这两座坟墓传达了小说对传统、世代延续和故土依恋的珍视。

※

> 所有蜡烛都早已燃尽,尤斯蒂娜[1]。
> 现在走过你那涅曼河畔小径的是其他人。
> 而我与你的关系,已近乎爱情,
> 触碰你那散开的
> 沉重乌黑的发辫,
> 手捧你那定当丰腴的酥胸,在镜中凝视
> 你灰色的双眸、娇红欲滴的双唇。
> 你身高体健,脊背宽厚。
> 二十四岁的你,不喜欢人们以小姐相称。
> 你的梦清晰而透明。
> 不必为我把脸颊羞红,我来自另一个时代,
> 那个时代以"无耻"著称。奥热什科娃女士
> 停住了笔。你与表兄的恋情
> 被交付想象,血液流淌,
> 床单上的斑点,都沉寂无声。
> 尤斯蒂娜,虽然你的躯体,

---

[1] 波兰著名小说家奥热什科娃小说《涅曼河畔》中的主人公。

我很看重,但你应该完整出现,
让你的豪情,愤怒的正直,
熠熠生辉,令人惊诧:它们从何而来?
肉体与灵魂进行怎样的对话?
在你的国度,善恶是以坟墓来权衡。
谁忠贞不渝,谁无耻背叛。
(换言之,人们对永远不明晰的意愿和主题
进行了显著的修订。)
这部小说三言两语无法给外国人说清。
对他们来说,你只是个
乔治·桑小说里宣扬的
争取阶级平等的漂亮姑娘。

你的晚年,尤斯蒂娜,
是已经就绪的一章,只是艾丽查女士已无法完成。
你生了众多儿女,孙辈也已满堂。
拄着多节的拐杖,整个家族兴旺。
在亲戚和同龄人中,你是最后一人。
在飘飞的细雪中,雪橇队疾驰而来。
听到士兵的呐喊,还有妇女的哀号。
你知道,你预感到,
这是尘世祖国的末日景象。
涅曼河上不会再有歌声回荡,
水面上不会再有雨燕飞翔,
也不会再有农庄果园里采摘的盛况。
火车车厢的铁门逐个关上,
沿着过去的道路,把你送到杀戮和黑暗之乡。

虽然你从未存在过,让我们点燃蜡烛,
在这间书房里,或者在我们的教堂。

淌下的蜡油凝结成团,各国的人们做着生意,鲸鱼在拉海纳[1]附近的海里翻腾,不知感恩的一代又一代建造房屋,法国警察得到新斗篷,太阳又一次升起,然后……

※

对诗的补充

这次经历非同寻常。我已经不知道是第几次读《涅曼河畔》了。每每想到奥热什科娃,我总是满怀喜爱和敬意。对我来说,她是为善而写作的作家的典范。她肯定了解更多关于人类生存的阴暗面,但她宁愿因为一些她认为更重要的原因,而不将自己的认知公之于众。同样让人难以了解的是她的基础教育。她凭借广泛阅读而自学成才。她描写了自己家乡格罗德诺的人们:小贵族、犹太人、农民,带着一个尊崇朴素和传统美德的人所特有的善意。

在阅读《涅曼河畔》的时候,我有些爱上尤斯蒂娜了。当她对镜梳妆时,我和她在一起,我觉得,

---

[1] 位于夏威夷茂宜岛西部的一个小镇。

她能在镜子里看到我偷窥的目光。我思念她，而且因为这份思念产生了一首诗，可以这么说，是波兰语的诗，《为尤斯蒂娜宽衣》。小说情节发生于十九世纪，让我有些不满足，我想象了女主人公后来的命运。要知道，接下来等待着包哈狄洛维奇村附近贵族居民们的命运是第一次世界大战、独立的波兰——但也还有后来的一切，那一九三九年随着苏联人到来而裂开的深渊。对我来说，这不是仅从教科书上学来的历史，而是每念及此，就立刻让我热泪盈眶的历史。我计算了一下时间。尤斯蒂娜如果活到一九三九年，会是一位高龄的老妇人，但是遭遇逮捕和运往东方的命运并非无稽之谈。

我承认，之前我并不知道，包哈狄洛维奇村并非奥热什科娃编造出来的地方，无论是涅曼河边的包哈狄洛维奇村，还是关于这个村落是由一对逃亡的情侣开创基业而形成的传说——一个出身王室家族的姑娘与一个出身低微的男子是这里的祖先——我也不知道，这个传说是那里代代相传的真实故事。而且直到今天，那里还有杨和采齐里亚的坟墓，墓碑上的日期是一五四七年[1]。同样，在描写尤斯蒂娜——一个出身贵族庄园的姑娘与雅涅克之间终成眷属的爱情故事时，作家也没有编造任何内容，而

---

1 奥热什科娃在《涅曼河畔》里写的是 1549 年。

是忠实地再现了所有事件和人物。我是从克拉科夫女记者泰莱萨·谢德拉罗娃撰写的题为《在涅曼河畔的包哈狄洛维奇》一文中了解到这些的。这篇文章发表在纽约的《新日报》上。更重要的是,我对尤斯蒂娜在一九三九年之后的命运的担忧是有凭有据的。

谢德拉罗娃女士从这个家族的一位耆老——斯塔尼斯瓦夫·包哈狄洛维奇那里听到了一些故事。这位老人仍住在这个村庄的一所房子里,那个村庄的房子已经所剩无几。一切都像在奥热什科娃书里的一样,同样是林中起义者的坟墓:"我们过去经常沿着河游泳。我现在太老了,已经不去了,但我听人们说,伦纳(那是我们的教区)的卢茨杨·拉多姆斯基神父在教区信徒的帮助下,把那个坟墓重新修葺了。据说那里现在很漂亮了。那是我们纪念他们的证明。纪念那些一八六三年被埋葬在那里的人们。有很多人,我们包哈狄洛维奇村的小伙子也有不少安葬在那里。"

那座贵族庄园实际上叫作米涅维奇,那里只残留一片废墟。"小说里归科尔钦斯基家所有的就是这座庄园?"记者问道。"就是同一座庄园,只是奥热什科娃女士把姓氏改了。其余的全都一样。那个卡明斯基的女儿,已经是一个年龄有点儿大的姑娘,爱上了包哈狄洛维奇家族的一个小伙子,而他也爱上了她(就是小说中的雅涅克和尤斯蒂娜)。要说清楚的是,那个小伙子并不姓包哈狄洛维奇,他虽然是我们家族的人，但是他母亲姓包哈狄洛维奇，嫁给了斯特扎考夫斯基。所以奥热什科娃女士又一次只是换了换姓氏。那个雅涅克，我记得是个很英俊的小伙儿，和卡明斯基家的姑娘结了婚。然后老卡明斯基死了，雅涅克成了那份家产的继承人。他们有两个孩子：一儿一女。索菲娅进了修道院，也许还活着？以前她还回来看我们，甚至战后还回来过。而儿子卡吉米日就留在了这里，经营那份田产，而之前他在华沙上过学，妻子也是在那儿娶的。"我还了解到，"雅涅克"和"尤斯蒂娜"没有住在老宅里，而是住在很近的地方：那个娶了卡明斯基家姑娘做妻子的斯特扎考夫斯基，在村子和庄园之间建了一所房子。那所房子至今还在，只是很残破了。

"一九三九年，苏联军队来到我们这儿的时候，就是我们波兰已经沦陷的时候，村里的地主们，连同卡吉米日和他的老父亲（就是小说里的雅涅克），都被弄走了，然后在离此不远的一个村子——克瓦苏夫卡被枪毙了。后来德国人来了以后，尤斯蒂娜女士偷偷地刨出了他们的骸骨，把他们葬在了我们在伦纳的墓地里。"

如果这首诗涌自我的笔端，那么在文学作品、读者和作品主人公死后的生活之间可能确实有某些特别的脉络流淌？这是那么久远的事，要知道《涅曼河畔》发表于一八八八年，这片土地上有如此之多的灾祸轮流上演，而那里的现实仍在延续，延续在新闻中、在报告中，在对神话的修正中。尤斯蒂娜真的不是一个穷亲戚，而是庄园主卡明斯基的女儿，卡明斯基在小说中被奥热什科娃称为科尔钦斯基，而且曾经被流放西伯利亚多年。连奥热什科娃本人在这里也被像一位老熟人一样提到："虽然我不记得她了，但父亲给我讲过，她曾经来附近的避暑胜地居住，在公园的长椅上坐着歇息，有时候也来村里。我们这儿有一个亚当·莱夫考维奇——是个老单身汉（甚至是我的教父），喜欢在年轻女人或者姑娘身边絮叨，喜欢跟她们唱唱歌、聊聊天。他常去找奥热什科娃女士，而她似乎甚至也曾喜欢他。她也喜欢我们，我们包哈狄洛维奇家的人，而且详细描写了我们和我们的村子。"

而泰莱萨·谢德拉罗娃讲述了艾丽查女士是怎么为她的爷爷在邻村贵族圈子里找到妻子的。"所以《涅曼河畔》里那个美丽的玛蕾霞·奥布霍维丘夫娜是我的奶奶。她嫁给了亚当，而儿子出生以后，是奥热什科娃女士和她的丈夫纳霍尔斯基把他抱去受洗的。他们也资助了他读书。后来他死在了卡廷。"大概无法做出评论，因为迄今为止，人们还没有发明生者和死者彼此相通的语言。

退休的老人

用拐杖敲击地面的老人，有意保持着沉默。

那沉默如黏稠滚烫的岩浆，充斥身体的每个角落。

他确认耶稣论断的真实性：害虫不死，火焰不熄。

坐在自家阳台上的藤椅里，儿孙绕膝。

花园里传来鸟鸣，它们唱给所有人听——他想——并非为我，也与我无关。

与其大喊大叫、以头抢地，莫如坐看云霓。

这个尚未开始的故事，即将随我而去。

猫儿在阳光里酣睡，世界仍将延续，证明它无需只言片语。

因为除了理解"我辈皆是可怜人"之外，不会有任何裨益。

监狱火车的看守，还有囚徒、施刑者与受刑者。

我只是不知道,为什么必须记住那些。

把那些不取决于我的事,记在我的头上。

等待着,直到法官手中的雷电将我击中,让我摆脱尘世的图景。

慈祥的老人,受邻里敬重,他问候过往行人,羡慕他们的纯净。

亦即羡慕他们拥有的一切——他想——因为他们未被当作试验品。

万　达

　　万达·泰拉考夫斯卡（一九〇五至一九八五），曾经在华沙艺术界备受欢迎的人物、版画家。她身材高大，极具组织热情和幽默感。在两次大战之间的二十年，她基于民间手工艺创作了工业题材图案，首推比亚韦斯托克和维尔诺的纺织工业题材。她关于日常生活的美学理念部分来自本国的渊源（诺尔维德），部分来源于对斯堪的纳维亚国家的观察，这些国家的工业（纺织、家具、陶瓷）都从民间艺术汲取养料。在波兰，她的题材逐渐获得了某些部委的支持（当时也诞生了"秩序"合作社）。

　　泰拉考夫斯卡的作品，包括她的彩色版画和准备付梓的文章在一九四四年的华沙起义期间都付之一炬。战后，她相信可以组织国营企业，让他们以民间题材为基础生产漂亮的产品，既用于国内销售，也可用于出口。她遇到了一些阻碍，发现由图样过渡到大规模生产并不可行。她把一些单件的展品寄到纽约，说服了一些大型贸易企业。然而这些企业问她，批量的产品在哪里？泰拉考夫斯卡一九四八年的美国之旅就是为纺织品争取出口市场。她成功激发了潜在客户的兴趣，但没有任何货物从波兰发出。我曾试图帮助她，遗憾的是，这位满怀热情，希望服务国家的女活动家当时的境况，也就是那些努力徒劳无功，在那时的波兰屡见不鲜。

哦，是的，来自那个华沙的万达。
让那些活着的人接着假装，
死亡与他们无关，它过于普通和平常。
而我不能理解。怎么可能这样：
活着而且记得，光阴正分秒流淌，
就那么静静等待，自己的一刻到来？
必须要做点儿什么。一些抗议游行，
一些激情奔放、一些怒骂张狂。
只为扛着镰刀的骷髅[1]、帕尔卡的剪刀[2]，
或者是为每个灵魂而坠落的星星。
而这里，毫无动静。两行讣告，
然后就是彻底的遗忘。

我们从未坠入爱河。
旅途中我们总是订两个房间，
因为性是恶魔。我这样相信，
而且仍然坚持。如果有谁想法不同，
就是在将自己付与大地灵魂的权力，
而其并非良善之辈。
爱可以做，但要和自己的妻子。
何况，万达，你并不太诱人。
高大、健壮，说不上美丽，

---

[1] 死神的象征。
[2] 古罗马神话，剪刀象征剪断生命之线。

一个桌边发出浑厚笑声的伙伴而已,
但这一切下面有另一个万达,怯懦、感伤、谨慎,
对自己的未婚身份总是羞于说起。

这个项目将我们从各种担忧中解救:
让国家成为艺术的帮手。
工厂和作坊本应创造朴素之美,
就像从前乡村里的手工艺品。
高雅的部长夫人们静静倾听。

(噢,高雅的部长夫人们,
你们在哪儿,在哪个遗忘部门里
画着自己的嘴唇,
然后合上手包?)

战争期间,我经常和万达在斯塔维斯科的伊瓦什凯维奇的家里见面。关于她在战争中的经历,我还记得一些事,足以证明她的头脑成熟机智,例如有一次她在莫科托夫田野区边缘的波尔那大街附近遇上了围捕。"他们抓了所有人,直接向我走来。我该怎么办?在最后一刻我蹲下身撩起裙子。那个宪兵显然对撒尿的妇女还是有些不好意思,所以走了过去,假装没看到我。"还有一次,是在起义[1]之

---

[1] 指1944年8月1日爆发的华沙起义。

后，她住在扎科帕内，住在山民家里，而德国人对华沙人进行大搜捕。"他们已经敲门了，那时我就跑到院子里的羊圈里，把从华沙带来的皮袄翻过来披在身上，然后手脚着地站在绵羊中间。德国人看了看羊圈，看到的是一群羊，于是就走了。"

※

作为见证者尝试去回忆过去的事，
这不可能成功。我也是一样。
我只知道，一切都已过去：那座城市，
和废墟之上的红军声望，
而万达，试图说服那些
坐在办公桌后边抠鼻孔的年轻人，
值得做什么，应该做什么，国家该做什么。

没有贵族，没有犹太人，迟缓而慵懒，
做了些事，但不太多。
每个大胆的想法，对他们来说都属于地主阶级，
太危险，是异想天开，到头来都是一句："算了吧。"

万达，你属于那些想修理这个歪着的地球仪的人，
可这对人们有什么关系？

晚年，你有时也许会想起
我们去旧金山的那次旅行，
那时我们是否充满理想？

当你输给了自己,
那些奖章和十字勋章又有何意义?
孤独、无用、双眼失明。

忍受这一切。人类要忍受这一切,
无论说出什么,全都为时晚矣。

为维护猫的荣誉致信教授女士及其他

写在《反对玛利亚·波德拉扎—科维亚特考夫斯卡的残暴》一文发表之际

我可爱的助手,一只个头儿不大的小虎,
甜甜地睡在办公桌上,电脑旁边,
它浑然不知,您正在伤害它的家族。

猫咪们戏耍老鼠或者半死的鼹鼠,
然而您弄错了,这并非出于残酷,
而只是因为它们看到,有东西在动。

且让我们思考一下,
只有意识会暂时迁移给他者,
对老鼠的苦难和恐惧感同身受。

整个大自然,很遗憾,都像猫咪一样,
对善与恶保持淡然和冷漠,
我担心,这下面隐藏着抉择。

自然史有自己的博物馆。
我们别把孩子带去那里。干吗让他们看那些怪物,
还有曾被爬行动物和两栖动物统治了亿万年的地球?

吞噬一切的自然，被吞噬的自然，
因鲜血而日夜热气腾腾的屠场。
是谁创造了它？难道是美好的圣像？

是的，它们无疑是无辜的：
蜘蛛、螳螂、鲨鱼、大蟒。
只是我们在说它们蛇蝎心肠。

我们的意识和我们的良心，
在银河系苍白的蚁穴里举目无亲，
希望只能寄于人类的上帝。

他不会感觉不到，不会不思考，
他因为温暖，因为运动而与我们血脉相亲，
因为如他所说，我们与他相近。

但如果是这样，他会怜悯
每一只被抓住的老鼠，每一只受伤的小鸟。
宇宙对他来说，就像被钉上十字架。

这就是从对猫咪的攻击中得出的结论：
奥古斯丁的神学鬼脸，您知道，
戴着它在大地上行走，非常困难。

折磨（莱舍克·考瓦科夫斯基）

伯特兰·罗素回忆说，在年轻的时候他曾得出一个结论：人们如此备受折磨，因此应该将尽可能多的人杀死，来尽可能地减少痛苦的总量。这件事本身与功利主义的逻辑完全一致：较少的痛苦，从定义上来说，就意味着较多的"幸福"。而另一个功利主义者可能会回答说：不是这么回事，因为假如"愉悦"和"痛苦"之间的平衡持续地向后者倾斜，那么人们就会大规模地自杀，然而，自杀者的比例始终很低。由此可见，最终人们认为，从生命中得到的快感要多于从无生命中得到的快感。这个回答是有可能的，但并不聪明，因为要知道不仅无人进行这样的统计，而且也不可能进行这样的统计，根本没有共同的尺度。然而如果说，人们本能地认为，死亡要比活着受苦更糟，因此人们没有大规模地自杀，这就又是在重复功利主义者们毫无意义的同义反复：人们追求愉悦，而愉悦是人们追求的目标。根据健全的思维，年轻的罗素并没有错：如果我们假设（如叔本华所希望的那样），愉悦因为痛苦缺失而显得消极和负面，那么因为人类彻底消灭而导致痛苦彻底消失，则应该被看作对人类不幸的最佳解决办法而受到欢迎（但是受谁欢迎呢？）。

然而总体来说我们并不想这样，也很难说服我们认同这个明智的结论，这并非由于我们自己在计算什么（"毕竟平衡是正面的"），而是因为我们本能的求生欲望，虽然我们不必明说，生命的存在，特别是人类生命的存在，被我们认同为善，而那些与生命相反的东西：死亡、痛苦，被我们认为是恶。这不是什么理论，而是生命本身的特点，生命总是想延续而不问"为什么"。

自从人类拥有了思想，就不曾自问"生命有何用"，而是问"恶为何存在"。无论是道德上的恶，还是痛苦，人们都想"解释"：不是从原因上进行解释，因为从原因上经常可以解释，而是想将其置于世界的目标秩序之中。对于自然主义者、经验论者、唯物主义者、实证主义者来说，这些是愚蠢的问题，不应该问"恶为何存在"或者"恶从何来"（除去从原因上进行解释），因为这类问题已经预设了一个目标秩序，而根据这些学说的教义，根本不存在这种秩序，也不可能存在这种秩序，也没有真正依附于事物和事件的本身意义上的"恶"和"善"，只有作为心理状态的"愉悦"和"遗憾"。在所有这些学说的背景下，世界不会变得更可爱，而是变得更简单，甚至变得简单得多。

但是那些没有被哲学禁令吓倒而继续追问的人，也没有好的答案，或者即便他们有，也无法按照逻辑上让人信服的规律说服其他人。因为要知道，在这个领域可以说的一切，或者是神学家在过去的千百年中说过的一切，都包含在《约伯记》里边。真的没有什么可以补充的。撒旦不仅得到上帝的许可，而且与上帝有明确的约定，不断用各种可能的不幸和痛苦折磨约伯：十个子女全都被杀死，所有财产荡然无存，痛苦而可怕的疾病。约伯坠落到贫困和不幸的谷底，还被人们耻笑。而上帝在哪里？他呼唤上帝，但无论东方还是西方，无论左边还是右边，上帝都不曾出现。作为公平守护神的上帝在哪儿？来了一些非常聪明的人，若不是他们说话过于优美激昂和生动感人的话，今天他们能当神学系的高级教授。他们对他说的话大意是：你是罪人，上帝惩罚了你。他们还说：上帝会帮助虔诚的人，会赋予他好运，会降下慈悲，而让坏人遭遇不幸。但约伯叫道：这是可怕的谎言，所有人都知道，最坏的恶人总是在富足、幸福和赞誉中终老。而我呢？我曾是个正直的人，我帮助穷人，没伤害过任何人，这就是回报吗？

但是上帝插了进来。上帝知道——书中说得很清楚——约伯是个虔诚而公正的人。上帝没有惩罚他，而是在和撒旦的游戏中试探他的忠诚。他说：当我创造大地时你在哪里？他列出一个各种事物的长长的清单，关于这些事约伯都不能知晓，也无力改变这些事物。上帝提到鳄鱼、瞪羚、鸵鸟、隼、雪花和星星。上帝说：你很愚蠢，而且力量单薄，不要教训上帝，也不要抱怨。

不，上帝没有惩罚约伯。上帝在戏耍约伯。最后他对约伯说：不要自作聪明，因为你一无所知。

上帝甚至说：神学院的资深教授们说的不对。但他没有解释，他们错在何处，所以我们也不知道。约伯臣服于上帝，这时看起来，神学系的资深教授们似乎又有了道理，因为上帝又把一切返还给了他：他又变得富有，幸福长寿，而且又有了十个子女。（但是陀思妥耶夫斯基不无道理地问道：约伯能够忘掉那十个被杀死的子女吗？怎么着？新孩子代替死去孩子们的位置，这难道很好吗？）

《约伯记》是一部充满智慧的书，是人类创造的最优秀的作品之一，但它不是向我们解释邪恶与痛苦，而只是提出劝告：你们要相信上帝，不要质疑，不要发出反抗上天的控诉，即便是在最艰难困苦之时。

传统神义论的说教就是要达到这种状态：我们不仅不能消除邪恶，而且在任何具体的情况下我们也不会用神的意图来解释它，因为我们不知道那些意图。我们只能而且应该相信，存在这样的意图，而且这个意图是善意的，我们可以期待神的眷顾。"把自己的痛苦交给上帝"，这大概是基督教给出的最佳解决办法。这种信任帮助了神圣的受难者们或者被残忍杀害的马加比七兄弟和他们的母亲忍受最悲惨的折磨。基督教神秘主义的信徒们经常会有这种感受，即整个世界和我们所知的一切都渗透着爱，而无论如何不会有痛苦。但是很少有人能达到这种境界。

可是另外一些人，比如孩子，有时也经历可怕的痛苦，他们无法把自己的痛苦置于任何上帝护佑的秩序中，对这些人该怎么办？对此问题只有一个比较明确的答案，那就是在奥古斯丁的神学理论中：孩子从娘胎出来时就在恶魔的利爪下，绝对应该遭受永恒之火，直到他受洗为止，因为他继承了原罪，不仅是作为自然的退化，而且是作为事实上的罪责，自己的罪责。所有没有受洗的人，人类的大多数，都在奔向永受折磨之地，受洗者中的很多人也是一样。

这个理论，我来说的话，是明了的，它解释了一切，但是有些人也在其中看到了难以理解的神的残暴，这不无道理。教会放弃了这个理论，但是与此同时也失去了明确的解释框架：对于奥古斯丁来说没有无辜者，可是一旦放弃这个理论的时候，就应该承认，无辜者在没有缘由地受苦。比如说我们该拿那些彼此施加痛苦的动物怎么办，它们身上没有罪恶吗？基督教作家对最后这个问题关注得不多，而能够找到的最好解释是，恶魔破坏了大自然的秩序而强迫动物彼此争斗，互相吞食和伤害。也许吧，但是我们从何而知呢？动物的世界充满痛苦，而且没有救赎，我们只能对自己说，总的来说那些痛苦是短暂的：也许小鱼被大鱼吃掉时是痛苦的，但那只是一瞬间的痛苦；被一分为二的蚯蚓是否痛苦我们不得而知（蚯蚓拥有某种非常原始的神经系统），但如果是的话，也只是瞬间的痛苦。虾米和蟑螂的问题我们就不提了。

而人与人之间彼此施加的折磨，任何动物都不能忍受。人也必须对动物施加痛苦，因为我们不能在不伤害其他生命形式的情况下生存，我们是有机体，而不是纯粹的灵魂。尽管人们很正确地要求，要尽量减少那些痛苦，对处于进化阶梯上较低位置的生物，不允许残忍的情况存在，但仍然没有办法从自然界中彻底去除痛苦。禁止狩猎的要求是不够聪明的：被狗撕咬的狐狸肯定有几秒钟是痛苦的，但换一个情况，它或者被其他猛兽撕碎，或者因为饥饿而死，而松鸡被铅弹打死与被其他鸟族兄弟啄死或冻饿而死相比，所遭受的痛苦大概要小些。大自然中除了人类以外，没有慈悲心肠，而人类给大自然中种种残暴所添加的部分也并不多，或者根本没有。

莱布尼茨非常妥帖地解决了这个问题：从上帝的善与智慧得出一个结论，即世界包含最少的恶和最多的善，这在逻辑上怎么可能呢，而上帝自己是不能改变逻辑的。那么所有人类的痛苦都源自逻辑的要求？也许可以改变逻辑？莱布尼茨是世上最聪明的人之一，只有蠢人才讥笑他。他可能解释了，但是面对大海般的痛苦，这个解释无法遏止恐怖和反抗。

但愿出现一个新的、不残酷的奥古斯丁，让他把事情解释清楚。但是不会出现，甚至即便出现了，也不会减小痛苦，而只能是这样或那样解释。我们不知道，最好的解释是不是真能有大帮助，比如（百万个例子之一）对圣殿骑士团的兄弟们来说，他们曾经乞求将他们活活煮死或者烧死，因为那样会死得快些，而那些行刑者施加给他们的痛苦是他们无法忍受的。

几乎整个文学，整个诗歌，整个艺术都来源于人类的痛苦，天堂里大概没有艺术。灵魂坚强的人们，让他们衡量、比较"损失"和"收益"吧。基督教宣扬关于救赎和永生的学说，但是甚至永恒的幸福都无法将这里的痛苦涂抹掉。剑桥的著名哲学家C.B.S.布罗德认为，存在死后的生命，但是在那里边没有慰藉可寻，因为那个世界比我们的世界还要糟（关于这一点，他在自己的论文里并未明言，而是已经去世的阿尔弗雷德·艾尔告诉我的）。

我窃喜，我没有当神父，也没有义务向其他人解释这些东西。

戏耍约伯？（杨·安杰伊·克沃彻夫斯基 OP）

上帝是在戏耍约伯吗？这是考瓦科夫斯基教授针对切斯瓦夫·米沃什诗作的评论中的一句话。那首诗是为了维护猫咪的荣誉而创作的。这句话激起了我的严重抗议。但是恶的秘密，关于上帝是否不仅为人类，也同样为世间万物受苦的问题，正是波德拉扎-科维亚特考夫斯卡教授女士评论的兹杰霍夫斯基那篇深刻的文章中谈到的问题，这个问题还仍然有效吗？万物之苦是否触及上帝，他是否依然安稳地坐在高高的天庭宝座上，难以企及，对痛苦无动于衷，像一块绝对的巨石？

文学，那伟大的文学，为我提供思考的素材。从蔑视生命的时代里，从描述它的文学里，我记住了两个场景。一个是从塔德乌什·波洛夫斯基那里读来的：一群新人被运到奥斯威辛，冲锋队从中挑选出最漂亮的女人"一次性使用"。其中一个女人很快明白了是怎么回事，抓了一把沙子揉进了德国人的眼睛里，那个家伙扔掉了手枪。而那个女人立刻抓起手枪，往德国人肚子里射进几颗子弹。那个家伙立刻像"灰黄色的恶魔"般躺在地上哀告："Mein Gott, Mein Gott, warum ich so leiden muss?[1]"第二个

---

1 德文，上帝呀，上帝呀，为什么我要受苦？

场景是在埃利·威塞尔的短篇小说中找到的：一些囚犯从集中营里逃了出去，于是刽子手开始惩罚人质。他们正要把一个年轻人吊死，旁边被迫来观刑的囚犯队伍里传出一句问话："上帝在哪里？"这时，传来了两个声音。第一个声音："正被吊在那里，你们的上帝就值这些，随便什么坏蛋都能把他吊起来。"但是还听到了第二个声音："是的，只要无辜者死去，作为我们最小的兄弟之一的上帝就会死去。"

这个时候我们的上帝是怎样的？那句"谁见到我，就看见了圣父"又是何意？

第一个故事给我们提出了一个残酷的问题："在价值观世界中，什么样的地位授权与我，让我能够提出关于痛苦的意义的问题？"我们觉得，我们所有人都是无辜的，都有权控诉上帝，判决他在人类和世界受苦受难时无动于衷是一种罪行。因为自己的苦难而抱怨上帝的"灰黄色的恶魔"是否有这样的权利呢？

答案我是在威塞尔那里找到的，很出人意料。那个说他们吊就是上帝的讥讽答话，是真实的。

我们又回到约伯的问题。他是一个来自乌尔地方的人，正直且热爱上帝。上帝允许不幸造访他，因为上帝相信，他是一个正直的仆人，而不是一个怀着功利目的的人。然后朋友们带着各种好主意找上门来，他们无所不知，给他解释一切。然而约伯忠诚地固守着一个问题:"为什么? unde malum？[1]"虔诚的人们说:"耶稣刚刚提供了答案。"我同意这一点,但同时要补充一点:"耶稣不仅是答案,他也是约伯。"因为上帝没有戏弄约伯(就像莱舍克·考瓦科夫斯基写的那样),但是上帝成为了约伯(如卡尔·古斯塔夫·荣格写的那样,我对他这句话评价颇高)。

我不会以不同于耶稣十字架的方式思考关于人类痛苦、世界和上帝的事。我不会,因为我深信,只有通过耶稣我们才能够最完整地认识上帝。所有其他的认识都与我们自己的映射混杂在一起,于是,不动声色的宇宙秩序维护者、终极法官的结构就由此而来……耶稣不可能是想象出来的。我们几乎以自然的方式思考上帝,按照权力和暴力的标准,而他以仆人的形象显现,渺小、宁静,有一颗谦卑的心。

古代的《钉上十字架演出》激发出我的很多思考,它把受难之地的悲剧描绘成宇宙悲剧,囊括整个宇宙。教皇们关于这个世界有多么伟大和无限的有限知识并不重要,重要的是,十字架不只是一个历史上的插曲,而是一个宇宙事件,因此是一个揭示上帝难以理解的痛苦的事件,上帝俯身,为了世界和人类的痛苦,直至忍受鞭笞之痛和耻辱的死亡。

作为基督徒,作为一个天主教徒,我感到痛心的是,自己不总是能看到这一点,我同样以纯粹人

---

[1] 拉丁文,恶从何而来?

的方式、异教的方式在思考上帝。我将他更看作世界的皇帝,而不是耶和华的仆人,"他把自己的后背给了鞭打者,而把脸给了那些抽他耳光的人"。

是的,的确:

"宇宙对他来说就像钉上十字架。"

呼　格

你的名字是攻击和吞噬，
你是腐烂的、压抑的、发酵的，
你将智者和先知
罪犯和英雄都变成齑粉，
你却总是无动于衷。
我的这个 vocativus[1] 毫无用处。
你听不到我，尽管我在呼唤你。
但我想说，因为我反对你。
你要吞掉我又当如何，当我并不属于你。
你以发烧和失去力量来战胜我，
你扰乱我反抗的思绪，
你在我头顶滚过，这笨拙的、无意识的力量。
那个将征服你的人，正全副武装跑过。
感官、灵魂、创造者、更新者。
他与你角力，时而在深渊，时而在巅峰。
他跨骏马，肋生双翅，在空中飞舞，身披银色鳞甲。
我曾在春天的形式风暴里服务于他，
他会将我如何，我毫不在意。

随行队伍在阳光下的湖边绵延而行。
从白色的村落里传来复活节的钟声。

---

[1] 拉丁文，呼格，是称呼他人时使用的一种词形。

这个世界

人们发现,这是一个误解。
确切地说,只是一个试验。
不久河流将回归源头,
风也将停止旋转。
树木不再发芽,而是去追寻自己的根脉。
老人将追着足球奔跑,看着镜中的自己,
重回孩提时代。
死者将会苏醒,满脸迷茫懵懂。
直到发生过的一切,都从头再来。
多么轻松!喘口气吧,你们这些饱受苦难的人。

其他地方的一些事

"我去地狱?这不可能,
我多么和蔼,多么慈善!"
阿达迈克叫喊着,当魔鬼将他围在中间。
他们都一袭黑衣,血盆大口。
面带冷笑,神色狰狞,
叉子戳进他的双肋
(叉子不大,便于携带)。
"我从不相信魔鬼存在。"
可怜的阿达迈克呻吟着。
"我看到过像你们一样的人,但那是在尘世间。"
"嘿嘿!"他们回答,"不存在是我们的特点。
而你,你存在吗,小碎末儿?你存在了一会儿,现在该结束了。
从此你将与我们一起,在虚无里待到永远。"

"我干了什么?"阿达迈克哀叫道。
"我干了什么,让你们对我行使权力?"
"你不知道吗?嘿嘿,我们这就告诉你。
一切都已记录在案留档保存。"

他们沿着山坡行走,碰到一个孤独的行人,
于是像边防人员一样,潜伏到空草棚里面,
这是片无主之地,离地狱之门很近。
硫磺色的荒山寸草不生,
在薄暮之中向未知的、朦胧的平原缓缓延展。
他们带他往下走,此刻的他已沉默无言。

忽然传来一声枪响,如此尖利,大概是来自尘世。
回声四散传开,传得很远。而当一切归于沉寂,
魔鬼逐渐变小,就仿佛漏了气,
最后彻底消失,只剩下他自己。

一人身着呢子长袍、足蹬长靴、
身背双筒猎枪,走到他的跟前。
"阿达迈克,你经常捣乱,总是惹麻烦。
怎会觉得自己无辜?
你真觉得那些罪恶都与你无关?
我受命来向你宣判。

"你将去医院十字团。那里有溃烂的褥疮,
腐烂的身体臭气熏天,
有人低声呻吟,有人疼得诅咒上天。
在那里,人人都在否认上帝慈悲为怀。

残酷的宇宙滑稽戏时时上演，`
与地狱的区别仅在于，那不是虚无，
而是无尽的延续和苦难。

"他们称其为炼狱。你将在那里服务，
搬运、擦洗、打扫、倾听，
日复一日，年复一年。
你将认识自己的罪行，
直到承认，自己活该如此。"

然后，使者沿着陡峭的山坡向上走去。
不认路的阿达迈克跟在他后面。

圣　殿

笔直的街道将我带往圣殿——
巴黎圣母院,尽管里面并没有哥特人。
大门紧闭,我选择了边门,
不是通往主堂,而是通向左殿,
青铜铸造的大门,下方已破损不堪。
我推门而入,一座巨大的殿堂展现眼前,
它大得令人震撼,沐浴着温暖的光线。
那些高大的女神坐像,
长袍褶皱分明,让殿堂充满韵律感。
我被色彩包围,就像置身于无比巨大的
棕白色花朵里面。
我缓步前行,
摆脱了一切关注、愧疚和不安。
我知道,我在那里,尽管还要稍等瞬间。
我平静地醒来,心里想着:这个梦
回答了我时常自问的问题:
当是怎样的感觉,当我们跨越最后一道门槛?

摆脱痛苦之后

某位科学家从量子力学中,
得出死而复生的论点。
预言在地球上的十亿或二十亿年之后,
人能回到自己熟悉的地点和人们中间
(在超时空里那只是一瞬间)。
爱因斯坦、普朗克和玻尔提出的
宗教与科学可能结盟的预言终将实现,
而我很高兴自己活到了这一天。
对科学幻想我不太当真,
尽管我尊重那些公式和曲线。
圣彼得对此的理解更加简洁,
他说:Apokatastasis panton[1],
万物更生。
然而这颇有助益:可以试想,
每个人都拥有一个代码而非生命,
保存在永恒的保管箱或宇宙超算里。

---

[1] 拉丁文,万有回归。

我们分解成腐土、尘埃、微生物肥料,
但那个代码,也就是精华仍在,
等到有一天,重新套上身体。
同时,既然那是个新的身体,
就应洗尽一切罪恶和顽疾,
洗罪池的想法也可放进程式里。
信徒们在乡村教堂里集体祈祷,
反复祈求永生,似乎也是如此。
我也和他们一道。只是不知道
摆脱痛苦后,一觉醒来,我会是谁。

身　体

疼痛并非身体状态的全部。
但它对我们却威力无边。
在它面前智慧凋残,
在它面前璀璨星空也变得黯淡。

从解剖学图册内部,
肝脏的暗红色、肺的亮红色,
与椭圆形肠子的乳白色在那里相逢,
疼痛报信者轻声喊叫着向前行进。
警报来自皮肤边境上的不设防哨所,
报告说有钢铁或火焰触碰。

没有任何硬壳或角质铠甲,
赤裸就在舞者的裙子和面具之下。
我们痴迷于将他们在舞台上剥光,
只为弄清他们到底在伪装成什么。

在心脏的太阳光下,
殷红的利口酒旋转、发热、脉动。
视野、风景拥有它的脉搏,
甚至包括大脑、灰月亮、月神。

妇科椅子上张开的双膝,
分娩给内脏带来抽搐的剧痛。
第一声喊叫,来自被放逐到这世上,
到冰封的河边,到石化城市中的恐惧。

尤利娅、伊莎贝拉、乌卡什、提图斯!
这是我们,我们的同一性和相互怜悯。
这就是身体,它如此脆弱和易受伤害,
当语言离我们而去时,它仍然还在。

在谢泰伊涅

一

你是我的开始,此刻我又与你重逢,在这里我学会了辨别南北西东。

从树林后面往下去是河的方向,我身后和楼房后面是森林的方向,往右通往圣·布罗德,往左可以通往库西尼亚和普罗姆。

无论身在何方,在哪个大洲旅行,我总是把脸转向河的方向。

咀嚼着鲜嫩多汁、红白两色的菖蒲根茎,感受它的味道与芬芳。

倾听着从田野归来的割麦人哼唱古老的民歌,太阳渐渐隐没在小山后面,宁静的傍晚一片安详。

在撂荒的绿地里,我能指出亭子的位置。在那里,你逼我写下最初的文字,尽管有些歪歪扭扭,很不像样。

而我总是逃开，逃到我的避难所，因为我确信，永远也学不会写字。

而我也未曾预料到：几十年时光匆匆而逝，他们已化为骨粉，而同样的当下仍在延续。

我们可以，就像我和你，停留在永恒的镜子世界里，跋涉在没有割过的草丛里。

二

你握着缰绳,我们俩同乘一辆马车,去拜访林边的大村庄。

苹果树和梨树枝条被果实压弯了腰,房子的门廊精雕细刻,廊下的花园开满锦葵和芸香。

房子的主人们是你从前的学生,我们谈到年景,女人们则展示了她们的纺织作坊,然后你们一起探讨很久关于经线和纬线颜色的话题。

熏肉香肠摆上了桌,蜂巢放在陶盆里,还有用铁皮酒扎盛放的格瓦斯。

我请集体农庄主席带我看看村庄,他带我去了空旷的田野,然后把车停在一大片废墟前。

"这里就是过去的佩伊克斯瓦村。"他的言语里不无胜利的自豪,就像所有胜利者常有的那样。

我注意到,一部分瓦砾被砸碎,就是说人们试图用锤头砸碎石头,以消除最后的痕迹。

三

夏日黎明，我跑入晨鸟的啾声婉转，然后回来，作品完成于片刻与片刻之间。

虽然用连笔书写 n 和 u 十分困难，在 r 和 z 之间架桥也需要特别的勇敢。

我拿着芦苇一样细的笔管，把钢笔头插入墨水，就像一个二流作家，腰间别着墨水瓶浪迹天涯。

现在我想，作品与其说是幸福，不如说被怜悯和恐怖感染。

然而此地的灵魂必在其中，就像它从孩童时代就存在于你的内心，并且将你引领。

橡树叶编成的花环，在椴树枝桠处挂着的小钟，召唤人们参加五月圣母祈祷，我想做个好人，不与罪人为伍。

但是此刻，当我努力回想的时候，记起的只有那口井，而且那么黑，什么也搞不懂。

只知道有罪与罚，无论哲学家们说了什么。

但愿我的作品给人裨益,它的分量能超过我的恶。

你是一个聪明而正直的人,要是你在的话,会安慰我说,我已竭尽所能。

你会说,黑暗花园的大门已经关闭,安静、安静,什么东西结束了就是结束了。

八十以后

整场表演行将结束,
成功与否有何区别。

当他们给我穿衣脱衣,
会了解哪些生理细节。

如何拍摄一只填充的熊标本,
对一只死熊来说又有何干。

路边的小狗

一九九八

路边的小狗

我曾坐着运牛粮的马车,走遍家乡的原野!挂在车后的铁桶发出"哐当哐当"的响声,桶里是饮马用的水。当年,这里还是一片荒野、山丘和松树林。四处散落着农舍,这种农舍没有烟囱,所以屋顶总是笼罩在烟雾之中,仿佛着了火似的。我时而在农田和湖泊之间徜徉,时而纵马驰骋,直到能看到松林后面的村庄或宅院。这时,总会有一条尽忠职守的小狗冲出来冲着我狂吠。回想起来,那是在本世纪初的事了!百年光阴不过一瞬而已。我不仅时常忆起生活在那里的人们,也总是想起陪伴他们的一代又一代的小狗!人们终日劳碌,而它们始终陪伴左右。某一天,在黎明前梦境里,我不经意间想到了这个有点儿好笑又令我感慨的名字:"路边的小狗"。

不是我的

一生都在伪装,仿佛他们的世界也属于我,
我知道,这种伪装令人羞耻,
但我又能如何?即便我大喊大叫,
并且开始预言未来,又有谁会听到。
他们的荧屏和麦克风另有他用。
我这样的人只能自言自语,逡巡在街道。
睡在公园的长椅、
街道的柏油路面。因为监狱太少,
容不下所有穷人。
我淡然一笑,然后陷入沉默。
他们抓不到我,
跟选定的人们同桌落座——我能做到。

我也曾喜欢

我也曾喜欢,对着镜子顾影自怜。
直到自己弄清,什么叫"沿着肉身之路"[1]离开。
抗议毫无用处。
老人们已经明了,因此沉默无言。

---

1 波兰诗人科霍夫斯基曾在《波兰赞美诗》中写道:"我沿着肉身之路离开!等待期盼的一天到来!那一天,天亮后不会再有日落。"

创造日

实际上这根本不难。
上帝创造了世界,是在多久之前?
不久。就在今天清晨,大概一小时前。
因为花儿正在开放,还未彻底开完。

近 前

那个他走过加利利之路的春天,
迄今似乎已很久远,而实际上却近在眼前。
我在那里请求:"请怜悯我这个有罪之人。"
却依然听见:"你的财宝在何处,即心之所安。"

他们奔跑

他们忙忙碌碌,忙的却不是最重要的事情。
他们奔跑不停,似乎相信将获得永生。
每个人都觉得自己弥足珍贵。
每个人都认为自己是独有物种。

不可能

十字架的秘密在于,
丑陋的刑具被弄成了救赎的符号。
人们怎能不思考,他们在自己的教堂里把什么炫耀?

且让惩罚的火焰吞噬世界的基础。

鹈　鹕

我赞叹鹈鹕的终日劳作。
它们在海面上低飞,
原地盘旋,然后突然俯冲,
冲向瞄准的鱼,白色浪花飞溅。
这样一整天的劳作始于清晨六点。美景与它们无关,
蔚蓝的大海、棕榈树、地平线都毫不相干。
(那里,岩石在退潮时露出水面,像远处的航船,
闪烁着黄色、玫瑰色和紫色的光。)
不要靠近真理。以想象为生,
想象那些居于太阳之上的不可见的形象,
它们自由自在,对饥饿和必要性都表示冷漠。

哥斯达黎加

石　球

他向首领献上一颗敌人的头颅，
在溪流对面的灌木丛里
他用矛将他刺穿。那是个密探，
来自敌人的村落。没能够活捉，
他有些遗憾。
否则那家伙会被放上供桌，
全村会有一个节日，
看他如何被慢慢杀死。
这些身材矮小的棕色人种，
身高大概有一米五。
他们遗留下一些陶器，
虽然还不懂制陶的圆盘技术。
在热带雨林中，
他们还遗留下让人捉摸不透的
巨大的花岗岩石球。
他们没有掌握铁器，如何能雕凿花岗岩，
赋予它们完美的形状？
有多少代人为此费尽心力？
这对他们意味着什么？
是所有流逝的和死去的东西的反面吗？
包括肌肉、皮肤和火中劈啪作响的树叶？
抑或象征着一种高度的抽象，
它没有生命，也因而比任何事物都更有力量？

哥斯达黎加

水 壶

棚屋里，铁耙铁锹边上有个绿色的水壶，在灌上池塘水后仿佛活了过来，壶嘴哗啦啦洒下一片水花，我们觉得，这像在给植物布施。然而，要不是我们受过专门的训练，可能不会对水壶有这样的联想记忆。我们的画家不怎么模仿作静物画的荷兰画家，但摄影让我们关注细节，电影教会我们物件一旦出现在银幕上就成为角色行动的一部分，因此必须多加注意。博物馆中的帆布画赞扬的不止人物和风景，还有各种物件。这样一来，水壶也可以占据我们想象力颇大的一部分，而且，谁知道呢，或许正是在水壶、在对线条轮廓的执着里，寄托着我们的希冀，想要从虚无与混沌的波涛汹涌中获得拯救。

另一个笔记本——寻回的纸页

美 国

湍急的河流呈现灰黄的颜色,
岸边走来一对男女,牵着一辆牛车,
他们要建一座城市,在中间栽下一棵树。
正午时分,我时常坐到树下,
眺望对面低矮的堤岸:
那里有河水泛滥的土地、芦苇荡和漂满浮萍的水塘,
水面依旧波光粼粼,一如当年那对不知姓名的男女在时一样。
从未如此设想我的命运:在这条河边,在这座城市,
而不是别的任何地方,就是这里,这个长椅、这棵树旁。

※

一九七六年九月二十六日,夜晚。多么轻松!多么幸福!人生无常,因你的愚蠢而应受的折磨也已成为过去。

我赞叹自己?赞叹我承受了一切?差不多吧,

但离赞叹还相差很远。就像一个跑步运动员的自豪,他并非好手,几乎是最后一名,但他曾跑过。

※

我那些顿悟的教堂,秋天的风。
我在感恩中渐渐老去。

※

再不庄重的东西也会开口作答,只要我们提问时充满敬意。(这句话是我在一九七八年二月二十日梦到的,第二天记录了下来。)

※

死亡天使魅力无边
蓝色的双眼
栗色的头发
跑来时舞姿翩翩。

他的嘴,欢乐无限,
语言在他耳中,充满快感,
他的目光,放射光芒,
春意暖暖。

他碰了碰我,
吻了吻我
我就回到了
自己的起点。

不再存在,不再痛苦
不再施加痛苦。
一个完整的存在,
就此结束,

但愿在我身后
任何音信皆无,
无论是纪念品,
还是任何事物。

但愿这个世界
恰如这死亡天使
继续完美、祥和,
继续受到祝福。

※

为了扼制黑暗,我早早出发,
我前行,因为受到梦魇的折磨,
它们将我滞留在往昔,
品尝苦涩、罪恶的回忆。

我艰难地向山上攀登,呼吸树叶的气息,
穿过荆棘丛和枯草,
但距山顶依然遥远。难以扼制的黑暗
追逐着我,每天周而复始。

一九七六

从我的牙医诊所的窗口望去

非同凡响。一幢房子。高大。被空气环绕。矗立。在蓝天中央。

※

哦,我追求的一切,我曾甘愿为它们苦修,为它们狂热,为它们勇往直前,而当我想到你们的嘴和手,你们的胸和腹,都已经交付给这苦涩的大地,我又被怎样的悲悯笼罩。

我忆起那些曲径和小路,
只因你曾在那里留下足迹。

(维尔诺民歌)

("寻回的纸页"至此结束)

名　称

华美是伟大的,却是硬造出来的:
Emberiza citrinella[1] 这个名称光彩熠熠,
而鸟、树、石头或者云则平淡无奇。

---

[1] 拉丁文,黄鹀。

梦

※

她在浑浊的湖水中游完泳,然后痛哭失声,我用毯子将她揽入怀中。

※

松树受过伤,却在不可遏制地生长。

※

几只猫在沼泽间的浅水里捕鱼。

布　里

亲眼去看吧,不要让记忆的梦魇将你掌控。
多年以后,去重访布里·康特·罗伯特[1]小城,
再走一走那铺满栗树叶的林荫道,
再深吸一口气,一如往昔情景,
将来自内心的颤抖驱散一空。
那时绝望重重。于是放手。
你明白自此已别无选择,需要承受的你都将承受。
你承受了,成为了现在的你:
不算太好,但自知差在何处,
对自己的错误感到羞耻,但也保持适度。

---

[1] 巴黎的一个小镇,米沃什曾于 1953 至 1956 年在此居住。

审　慎

小心。小心。
太阳在墙壁拐角儿，鸽子咕咕叫。
郊游的孩子举着冰棍儿、小旗和绿色的龙[1]。
广场上，卖花姑娘从水桶里抽出几支白色芍药
拿在手里轻轻地摇。

小心。小心。
白面包躺在面包房的架子上，香气弥漫了整条街道。
穿着黄衬衣的女孩儿和穿着黑毛衣的男孩儿，
望着渐行渐远的电车轨道。
小轮船在河上庄严地驶过，头顶上白云飘飘。

小心。小心。记忆没有道理。
与记忆相反，我们尊崇土地。

这只是一个沉重的梦，梦醒后在迟钝的身体迷宫里
留下一些印记。

---

1 波兰文化中也有关于龙的传说。据传在波兰古都克拉科夫的瓦维尔山下的山洞里，居住着一条恶龙，后被智慧的小皮匠杀死。瓦维尔龙后常被制作成绿色的玩偶，供孩子们玩耍。

那个做梦的人三缄其口，不让任何东西扰乱鞠躬和微笑的典礼。

因为一切都会飞快地闪光、爆炸、分解，证明它们并不真实。

短　路

思维短路，难以理解的行为，
那些虚幻光阴如在梦中度过。

假如人生的意义取决于我，
那将会是个完全独特的人生。

海兰卡

我们已经抵达彼岸。

远征已经完成。田产已经租出。火灾后的废墟上蒸汽升腾。

大概是海兰卡在这火中舞蹈。

也许她了解个体生命的秘密,

我倾尽一生想了解生命的真谛,却总是徒劳无功。

海兰卡,你经历了太多苦痛,却从未向任何人倾诉。

你曾忍受饥饿,我知道,却没有期待任何人的帮助。

还有医院,这身体上的折磨,对自己也无比痛恨,

它想爱自己,却只能在肮脏的走廊里哭泣。

谁会想到,海兰卡,我们的青春会变成这样?

那时花园在阳光里闪耀,那里的夏天一直延续。

然后人们慢慢教会我们,如何像其他人一样忍受,

感激没有痛苦的每一个瞬间。

海兰卡的宗教

每逢周日我都去教堂,和众人一起祈祷。
我应当是个怎样的人,才能与他人有所不同?
我只是不听神甫们布道时的絮絮叨叨,
否则就必须假装自己在放弃正道。
我努力做罗马天主教会忠诚的女儿。
"我们的天父""我相信"和"圣母平安"[1]都不绝于口,
而这与我那可怕的将信将疑背道而驰。
地狱和天堂到底是怎么回事,不该由我决断。
然而这个世界上有太多的丑恶,
因此某个地方一定会有真和善,就是说要有上帝。

---

[1] 以上三句话都是信徒做弥撒开始时的常用语。

幸　村 [1]

我曾在电视上看到一个为未降生婴儿建造的墓地，有一些小小的坟丘，日本妇女在上面点燃蜡烛，献上鲜花。有一刻，我似乎化身为其中的一员，正俯下身，安放一束菊花。

我的儿呀，你发于真爱，关于你的所知将仅止于此。

你若在世，能听我讲述尘世生活的恐怖，我已为你免去。

我还会告诉你我们如何遭受不幸，而我们无法理解，为什么我们分别遭遇与他人相同的命运。

也许你能体会我的感受，咬紧牙关，长年忍受自己的命运，因为就该如此。

我忍受着痛苦，心想，我的儿子，也许你继承了我那受诅咒的坚韧和幻想能力。

那时我就感到些许轻松，对自己说，至少你是安全的。

---

1 日本姓氏。

在虚无之中就如身处摇篮，或者在蚕丝缠绕的蚕茧里。

你会是个怎样的人？每当我尝试设想，都会浑身颤抖，你身体里那一方会占上风：是伟大还是失败，往往一粒小小的种子就会让天平倾斜。

是人们的感激与认可，还是痛苦的人儿建起的孤独的四壁。

不，你肯定会坚强有力，就像所有发于真爱的人。

我做出了决定，而且知道就该如此，我没把罪责强加给任何人。

当我品尝桃子，注视明月初升，当山中挺拔的雪松让我心旷神怡，我替你，以你的名义感受这一切。

树

我是一只小鸟,栖居于一棵幸福的大树。
这大树并非生于林中,因为它独木成林。
树里有我的开始、我的记忆和我的沉默,
因为它不想被用任何言语称呼。

克里斯[1]

一九九六年四月,国际报刊报道了克里斯托弗·罗宾·米恩去世的消息,享年七十五岁。他曾被他的父亲 A.A. 米恩化名克里斯画入《小熊维尼》这本书中。

我,小熊维尼,突然必须要思考一些对我这个小脑瓜来说有些太复杂的事情。我从来没考虑过,在我们的花园外边,也就是我、小猪、兔子瑞比、屹耳和我们的朋友克里斯居住的世界之外有些什么。就是说我们还继续住在这里,没有任何变化,我刚刚从小蜂蜜罐里吃了些东西,只是克里斯走开了一会儿。

绝顶聪明的猫头鹰说,在我们的花园外边,就是时间的开始之地,那是一个深得可怕的竖井,如果有人掉下去,就会一直下坠下坠,没人知道之后会发生什么。我有些担心克里斯,但愿他没有掉到那井里去。但他回来了,我就向他问起那个井。"小熊,"他说,"我掉到井里了,然后开始下坠,而且一边下坠一边变化。我的变长了,个子长大了,穿着长及地面的裤子,长出了胡子,后来我的头发花白了,背驼了,走

---

[1] 克里斯托弗的小名。

路拄着拐杖，然后我死了。这一切大概只是我做了一场梦，因为有些不真实。对我来说真实的只有你，小熊，还有我们一起做的游戏。现在我哪儿也不去了，哪怕是有人叫我去吃午后甜点。"

河　流

"河流，多么源远流长！"想一想。泉水在山间喷涌，细流从石缝中渗出，汇聚成一条小溪，再流入河水的波涛。而河水则千百年奔腾不息。一个个部落、民族、文明兴衰更替，而河流仍兀自流淌，尽管已不是它自己，因为水已不是原来的水，只是地点和名称未曾发生变化而已。河流，就仿佛是专为比喻固定的形式和变化的内容。在当今的欧洲各国还不存在，我们所熟知的各种语言还不曾出现之时，同样的河流早已在欧洲大地上流淌。而恰恰在这些河流的名字里，保存着已消失的部落和他们的语言的痕迹。他们生活的时间如此之早，以致我们完全无法确定。研究者们提出各种推测，又被其他研究者所诟病。我们甚至不清楚，有多少河流的名字来源于印欧人种的大入侵之前，也就是至少在公元前二三千年前。我们的文明毒化了河水，而河水的污染产生了强烈的情感意义。既然流淌的河水是时间的象征，我们就倾向于思考被毒化的时间。须知泉水继续喷涌，而我们相信时间将得到净化。我崇拜奔腾不息，我愿将我的罪孽交付河水，让它们流向大海。

这
二〇〇〇

I

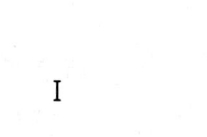

这

但愿我终于能说出,藏在我心底的东西,
但愿我能够喊出:人们,我曾经欺骗了你们,
当我谎称心中没有它,
而"这"始终在那里,无论日夜晨昏。
尽管正因有它,
我才会描写你们那些容易燃烧的城市,
你们短暂的爱情和化为齑粉的游戏,
耳环、镜子、垂下的肩带,
卧室里和战场上的场景。

对我来说,写作是抹去痕迹的
保护性策略。因为尝试涉足禁区的人
不会讨人欢喜。

我求助于曾经畅游的河流
还有长满灯心草,架着独木桥的小湖,
夜色伴着歌声荡漾的山谷,
我承认,我对存在的热情赞美,
只能是对高雅格调的练习,
隐藏在下面的是"这",我没打算为它命名。

"这"恰如一个无家可归者的思想,
当他正沿着寒冷、陌生的城市独行。

"这"又如一个被围捕的犹太人,
看到德国宪兵的头盔正逐渐逼近。

"这"犹如王子到市井中看到真实的世界:
贫苦、病痛、衰老和死亡。

"这"也可比作某人僵硬的面容,
当他得知,自己已被永远地抛弃。

或可比作医生不可挽回的判决。

因为"这"意味着碰上一堵石墙,
并且明白它不会让开,无论我们如何恳求.

致榛树

你已认不出我,但这就是我,原来的我,
曾为制作弓箭,截取你棕色的枝条,
在奔向太阳时,它们如此笔直而矫健。
你枝繁叶茂,浓荫蔽日,正孕育新的枝条。
可惜我已不再年少。
也许我还会再截一根树枝,只因拐杖已必不可少。

我曾喜爱你棕色的树皮,上面敷着一层白霜,
那是最典型的榛树的颜色。
存活下来的橡树、榉树让我心情欢畅,
但你最让我欣喜若狂,
你总是那样魅力无穷,献上珍珠般的榛果,
一代一代的松鼠,在你的枝叶间奔忙。

当我站在这里,有些许赫拉克利特的思索,
回忆过往的自己、过往的人生,
当年是怎样,本应是怎样。
没有什么在持续,但一切皆在持续:宏大的稳定感。
我试图将自己的使命置于其中,
实际上接受它,并非我所愿。
手持弓箭,我曾无比幸福,沿着童话的边缘悄然前行。
我后来如何,耸耸肩而已
只有一份生平,或者说是些编造的东西。

后　记

生平，即编造的东西或者一场大梦。
天边的云朵层层叠叠，隐现在白桦的光亮之中。
黄昏时分，黄色和锈色的葡萄园。
我曾短暂地做过奴仆和旅人，
已解脱的我，沿着前所未有的道路归来。

谢泰伊涅-纳帕山谷　一九九七年秋

我不明白

亨利克·米罕豪斯,皇家轻骑兵卫队长,一六五九年二月十日在库亚内迎娶了豪恩家族的玛乌戈热塔,但接下来直接被自己的小舅子豪恩杀死了。

——凯伊达内福音改革教区保存的出生文件和记录中记载:西蒙·考纳尔斯基,波兰加尔文宗[1]的贵族

库亚内在谢泰伊涅附近,我曾在涅维扎河边的小路上赤足奔跑。因此来自凯伊达内的神甫——那里有新教教区——乘着雪橇(二月)来库亚内主持婚礼。为什么新人们不能去凯伊达内举行婚礼?而库亚内又属于谁?米罕豪斯家族还是豪恩家族?在这个以拉吉维尔大公为中心的民族杂居地区,这些姓氏从何而来?为什么豪恩杀死了亨利克·米罕豪斯卫队长?是在一起欢宴时发生了醉酒斗殴吗?还是出于对玛乌戈热塔的不伦之恋?是怎么杀的?用弯刀?用长剑?用火枪?还是短铳?皇家轻骑兵卫队长又被葬身何处?他的遗孀玛乌戈热塔后来命运如何?她嫁给了谁?日复一日,越来越深入,到处都是阴影,我进入了阴影之中。几个世纪的时光在我身边流淌,周围越来越多的名字和灵魂,不像在年轻时代,我的脉搏不允许从前的人们靠近。现在我与他们近在咫尺,我召唤他们,想象他们的样子。还有土地,泥土中满是沙粒,记忆中赤

---

[1] 基督教新教的三个原始教派之一。

脚踩在雨后满是水洼的路上。高处是公园和库亚内府邸。在这一带生活过多少人，都是有血有肉的人，就像我一样有血有肉，因此无法理解生命如何能够变成死亡，如何能够停住呼吸时会鼓起的肺。我如此强烈地想到：在这里，只要截取地球上这一小块儿地方，就足以建造一座隐身的生命之塔，直达天庭，而现在已经没有任何人能找到他们的骸骨。而这就像在我们男女大学生聚会的桌边，我突然不再待在那里，而是用目光审视我们所有人，谈兴正浓的、笑语盈盈的，就仿佛在审视那些生活在很久以前的人们。

我的爷爷齐格蒙特·库纳特

在我爷爷六岁时的照片上，我觉得隐藏着他的个人秘密。

一个幸福的男孩儿，调皮得令人欢喜，皮肤里透出灵动和开朗的神气。

照片摄于十九世纪六十年代，而我在垂暮之年，要去那里陪伴这个孩子做游戏。

在熟悉的湖边，白蜡树下，我把石子投进湖里，那些树将进入我的诗句。

库纳特家族属于加尔文宗贵族，我得意洋洋地记下这一点，因为在我们立陶宛，最开明的就是加尔文教派。

我的家族很晚才改变信仰，大约是在一八〇〇年前后吧，但是我没有保存任何爷爷在圣布罗希奇教堂长椅上的画面。

他从未说过神甫的坏话，也从未破坏广为接受的习俗。

华沙大学的学生,在舞会上跳舞,阅读实证主义的文学著作。

他严肃对待"有机劳动[1]"的原则,因此开始在谢泰伊涅生产呢绒,这也是为什么我曾在放着压呢机的房间里玩耍的原因。

他对所有人彬彬有礼,无论长幼贫富,都愿意全神贯注地倾听,这超越了同时代的其他人。

一九二二年,奥斯卡·米沃什在科甫诺与他结识,称他为 un gentilhomme français du dixhuitième siècle,即十八世纪的法国贵族。

外表的优雅并非他的全部,他的内心隐藏着聪慧和真正的善良。

在思考我与生俱来的重负时,每当我忆起自己的爷爷,就感到片刻轻松,因为我一定是从他那里继承了些什么,就是说我并非一文不值。

人们称他为"立陶宛人",大概是因为他在莱格米亚茨建造校舍,并支付了立陶宛教师的工资。

---

1 19世纪波兰实证主义者倡导的社会理想之一。

所有人都喜欢他，立陶宛人、波兰人、犹太人，在周边的村落他广受尊重。

（在他死后不久，那些村子就被迁往西伯利亚，所以现在那里只剩下一片空地。）

在各种书籍中，他最喜欢读雅各布·盖伊什托尔的回忆录，因为书里详细描述了凯伊达内和克拉季诺夫之间的涅维扎河谷。

年轻的时候，我对这些不感兴趣，因为过去的一切与我何干，既然只有未来与我有关。

如今我如饥似渴地阅读那些回忆录，明白了那些地名、街角、小山和河上的渡船所蕴含的意义。

多么需要特别珍视那个省份，那间房舍，那些日期和过去人们的足迹。

一个加利福尼亚的游子，保存着一个幸运符，一些圣布罗希奇小山的照片，那里的橡树下安息着齐格蒙特·库纳特爷爷，曾祖父西蒙·塞鲁奇和他的妻子埃乌弗洛齐娜。

湖

少女湖,深邃的湖
请一如从前,在岸边长满灯心草,
正午时分,与水中的云影嬉闹,
只为我,一个迷失在远方国度的游子。

你的少女,对我来说无比真实,
她的骨骼,留在了海边的大都市。
而且一切的发生都准确无误。
唯一爱情的唯一性被彻底剥夺。

少女,哎,少女。我们躺在深渊里。
脖颈、肋骨和骨盆。
这是你吗?这是我吗?我们已在世界之外。
任何钟表也无法为我们计数钟点与年岁。

但愿这脆弱的,但在一起时又永恒的东西,
能帮助我猜出使命和命运!
你和我一起,封闭在这水晶般的字母里。
你不像一个鲜活的少女,这没什么关系。

旅途归来

这是多么奇怪，令人难以理解的人生！我从人生归来，仿佛结束一次漫长的旅行。我尝试回忆自己去过哪里，做了什么，但却难以说清。最难的则是看到当时的自己。我有过意图，有过动力，我决定了些什么，做了些什么，但是从一定的距离上看，那个人看起来是个既没有理性，又荒谬绝伦的人。似乎与其说是他做过些什么，莫如说是被某些力量利用、操纵做了一些事。因为他确实写了很多书，这边是那些书，那边是他，如何在二者之间牵上一条连续的线？

在思考人生—旅行这个主题时，反复折磨我的是我无法对本人的实质和意义给出答案。我对自己不甚明了，我想猜出，我对其他人来说，特别是对那些与我有过友情或爱情的女人们来说，我是个什么样的人。而现在我们就仿佛是沉睡的木偶剧院，木偶们都平躺着，各自的牵线细绳搅在一起，无法告诉人们，演出的到底是什么。

头　颅

从河对岸的山坡后面,
探出一颗硕大的头颅,
看到一个拿着鱼竿的少年,
正盯着鱼漂儿,全神贯注,
满脑子想的都是:上钩、不上钩。

——我们该拿他怎么办——那头颅一边想着,
一边向那些飞舞的灵魂发出指令,
他们善于安排命运。

——是的——头颅自言自语道,
面前是河边的同一个地点,
和一位长途旅行后回到此地的老人。

——有些人觉得,
是他们自己决定,自己完成。
至少这个人知道,

他被各种力量玩弄,
它们窃笑着、隐没在空气中,
他只是奇怪,
他的命运竟如此发生。

忘了吧

忘了吧,
那些你自找的痛苦。
忘了吧,
那些别人施加的痛苦。
江河奔腾不息,
春天明灭轮回,
你走过的土地被勉强记住。

有时你会听到遥远的歌声。
你问,这是何意,是谁在歌唱?
童年的太阳升起,
孙子和重孙降生。
现在他们牵着你的手。

你只记得那些江河的名字。
江河流淌,千古不息!
你的田地,已经荒芜,
城市高楼,已不同往昔。
你立在门边,哑然无语。

在城里

在六月的芍药花和晚开的丁香花里,
城市总是可爱而幸福,
它凭着巴洛克式的尖塔向天空狂奔。
春游归来,将花束插进花瓶,
窗外是上学时常走过的街道,
(墙上的阳光与阴影界限分明)。
一起在湖上泛舟,
一次次前往长满紫柳的小岛作爱情之旅。
订婚仪式和在圣乔治教堂举行的婚礼,
之后是众人在洗礼仪式后到我家的欢聚。
音乐家、朗诵家和诗人们的比赛让我欣喜,
当"巨龙巡游"走过街道,人群欢声雷动。
每逢周日,我都坐在"教堂奠基人长椅"上,
身披长袍,项戴金链,那是同胞们的馈赠。
我日渐衰老,但深知我的孙辈将对这座城市忠贞不渝。
假如一切果真如此,那该多好。
但是我被狂风吹得四海漂泊。别了,失去的命运。
别了,我的痛苦之城。别了,别了。

II

如实自述,在机场就着一杯威士忌,或者是在明尼阿波利斯

谈话时我的听力越来越糟,眼睛也很不好,但它们仍然无法满足。

在超短裙、裤子或者轻薄的织物下面,我看见她们的秀腿。

我将她们一一偷看,她们的翘臀和大腿,被情色幻想弄得想入非非,心旌飘摇。

欲望膨胀的老家伙,你已行将就木,年轻人的游戏和纵情与你何干。

不对,我只是做我一直在做的事,根据情色幻想的指令,编排这片土地上的场景。

我不是渴慕这些生灵,我渴慕的是世间万物,而她们就像令人神魂颠倒的性交符号。

我们被塑造成这样,这并非我的过错,一半是公正的沉思,一半是欲望。

如果死后能去往天国，那里一定也像这里，只是我将摆脱迟钝的感官和笨重的骨骼。

虽然只能远观，但我将继续欣赏人体的比例，鸢尾花的色泽，六月里黎明时分的巴黎街道，世界万物难以理解的五彩缤纷。

写在我八十八岁生日之际

城市显得拥挤,
因为那些覆盖着天棚的长廊、狭小的广场和拱廊,
它沿着层层台阶,一直延伸到下面的海湾。

而我,注视这青春的美丽,
身体的美丽和脆弱的美丽,
还有古老岩石间,它的翩翩舞姿。

连衣裙色彩缤纷,符合夏日的时尚,
拖鞋的踢踏声发自有几个世纪历史的石板街,
这一切以各自归来的仪式令我欣喜。

参观主教堂和瞭望塔,
早被我置于脑后。
我就像那个旁观却不会消逝,
尽管已两鬓染霜、老病缠身,却仍在飞舞的灵魂。

得以幸存,皆因他怀有永恒的、神圣的好奇。

热那亚 一九九九年六月三十日

奔　跑

我快乐地奔跑,沿着秋日里阴暗的公园,
当小路上都是松针或者树叶的簌簌声,
还有橡树下的草地都变得空空荡荡,
电视闭上青色的眼睛。

我的脚步从未如此轻盈,
大概是很早以前,在我八岁时的黎明。
我腾起在空中,身体被光线充盈,
在空中奔跑,我片刻不停。

被唤醒的知觉并不友善地迎接我。
在一个我拄着拐杖蹒跚而行、哮喘发作的日子。
但夜晚总是送我去做长途旅行
而那里,就像开始一样,崭新的世界,景物宜人。

在溪边

清澈的水流在岩石上流淌,
在山谷底部,高大的林木中间。
岸边的蕨类植物在阳光里闪烁,
层层叠叠的绿叶姿态万千,
有的如柳叶刀、似长剑,
有的是心形、铲形,
舌形、羽毛形,
波浪形、锯齿形,
边缘锯齿形——谁能将它们全都说清!
还有花!白色的织锦
蓝色的酒杯、明黄色的繁星
小玫瑰花成串簇拥。
静坐凝视
黄蜂飞舞,蜻蜓翩跹,
食虫鹟飞到空中,
黑甲虫在彼此缠绕的树枝间忙个不停。
我似乎听到了造物主的声音:
"或做石头,一如在创世的首日永远默不作声,
或做生命,条件是终有一死,
还有这令人陶醉的美伴你一生。"

噢!

噢,幸福!又见鸢尾花。

靛青色如艾拉曾经的裙装
淡淡的芬芳如她肌肤的芬芳。

噢,要描写鸢尾花岂不是胡言乱语,
它开放时,已没有什么艾拉,
没有我们的任何王国
没有任何国家。

噢!

古斯塔夫·克里姆特[1]（一八六二至一九一八）
尤蒂塔（细节）
奥地利博物馆，维也纳

噢，嘴唇半张，双眼微合，
玫瑰色的乳头在你赤裸的躯体上，尤蒂塔!

他们带着对你的想象，冲锋陷阵，
被炸开的炮弹撕成碎片，
落进坑里，变成腐土!

噢，你的衣料用黄金打造，项链是串串珍贵的宝石
尤蒂塔，来与他们做如此的告别!

---

1 古斯塔夫·克里姆特（Gustav Klimt，1862—1918），奥地利著名象征主义画家。

噢!

> 萨尔瓦多·罗萨[1](一六一五至一六七三)
> 带人像的风景画
> 耶鲁大学画廊

噢,巉岩下水平如镜,黄色的午后寂静,云朵平展的倒影!

前景是游泳后正在着衣的人们,河对岸另一些人物显得渺小而神秘,做着自己的事情!

噢,取自日常生活的平凡画面,被提升为一个与尘世生活既似曾相识,又迥然不同的场景!

---

[1] 萨尔瓦多·罗萨(Salvator Rosa,1615—1673),意大利画家。

噢!

爱德华·霍普[1](一八八二至一九六七)
饭店房间
蒂森收藏,卢加诺[2]

噢,忧伤之为忧伤,是多么无意识的忧伤!
绝望之为绝望,是多么无意识的绝望!

职场女人,在她的行李旁,坐在床上,
身体半裸,穿着红色衬裙,发式漂亮,
一张写着几个数字的纸片拿在手上。

你是谁?——没人会去问,她自己也懵然不知。

---

1 爱德华·霍普(Edward Hopper, 1882—1967),美国绘画大师。
2 瑞士南部旅游城市。

无论身在何方

无论身在何方，在大地上的什么位置，
我都在人前掩饰自己的确信：
我并非来自此地。
我似乎是受命前来，尽量多地吸纳色彩、
味道、声音和气息，
尝试构成人的一切成分，
把感受到的一切，变成魔法师的记录，
并且带到我的出发之地。

窥淫狂

我是个在大地上四处游荡的偷窥者。
星系肥皂泡的内部,声音和色彩变幻莫测。

她的帽子上插着百合,内裤上有花边皱褶,
我们一起用餐,太阳在桌布上投下光影斑驳。

或者她半裸的胸,隐现在皇家长裙下面。
我换上佩着勋章的燕尾服,
只为让人能够猜出它们坚硬的触感。

我总是想,女人们带着什么隐藏的东西:
通往知识花园的黑暗入口
在衬裙、花边儿和短裙的泡沫里。

后来她们死了,连同她们的绸缎和穿衣镜。
总督夫人、公主和宫女们。
一想到这些美人化为骸骨,我就感到喉咙发紧。

我真的没有寻求与她们相恋。
追求她们的是我那贪婪的双眼,

受邀参加可笑的场面，
哲学和语法，
诗学与数学，
逻辑与修辞，
神学与解释学，
以及其他一切智者与先知的学问集中在一起，
为了创作一首超越诗歌的诗歌，
关于一只无法驯化的毛茸茸的小动物。

所谓生活

所谓生活：
就是给肥皂剧提供话题的一切,
他觉得不值得讲述,
或者他想说,却无法说的一切。
男女之间纠缠不清的故事让他惊奇,
那些故事延续到若明若暗的失忆。
他自己只会咬紧牙关默默忍受,
等待着,直到衰老夺走戏剧的意义,
关于爱情、仇恨、诱惑和背叛的肥皂剧
最终破灭。

规　　则

只是不要表白。自己的生活
如此将我吞食殆尽,以致讲述它时,
我会感到片刻轻松。他们或许会理解我,
那些不幸的人,他们有多少呀!
他们在城市的街道上跌跌撞撞,
半梦半醒或是醉眼蒙眬,
患有记忆麻风病和存在过错症。
那么是什么让我停下脚步?
是耻于我的担忧不够丰富多彩?
还是相反?呻吟过于时髦,
不幸的童年、伤害等等。
甚至即便我成熟到约伯控诉的程度,
最好还是保持沉默,
赞美事物一成不变的秩序。
不,让我闭嘴的是其他的东西。
谁受苦受难,谁就应是说真话的人。
算了吧,就凭这些伪装、
喜剧和自怜?
人们从虚伪的语言能猜到虚假的情感。
我过于重视风格,以致不去冒险。

在黑色的绝望中

在黑色的绝望和灰色的怀疑中
我用诗句向难以理解的"他"致敬,
假装满怀欢乐,尽管缺的正是这个,
因为要增加控诉,实在是太容易了。

当有人问他是个坚强还是虚伪的人,
该如何答复?

榜　样

我的八十岁女友,在回忆录中写道:
"我既没有时间,也没有精力苦恼。"
她是个好榜样,让我变得强大。

圣诞夜光芒四射,一轮满月在天空闪烁,
在 AZS 学生体育俱乐部港湾的后面,我们情意绵绵。
那一刻时常让我愉悦,
虽然在我的履历中也不乏苦涩。

在上帝面前歌唱和舞蹈!
只是因为,抱怨无济于事,
正如我那坚强不屈的伊莱娜常说的那样。

从梦中醒来

垂垂暮年,身体日衰,午夜醒来,时有所感。那是一种广大无边又至臻至美的幸福感,在过往的生命中仅存它的潜质。这幸福感并无任何缘由。它没有消除意识,我自己的苦闷一同埋在心间的过往也并未消逝。现在过往又突然作为整体的一个必要部分被加入进来。就像一个声音在说:"别担心,一切的发生都是注定如此,你做了你该做的一切,你已不必再思虑那些过去的事情。"我体验到的平静,是结清账单时的平静,与对死亡的思考相连。此岸的幸福仿佛预告着彼岸相同的幸福。我意识到,我获得了出乎意料的馈赠。我无法理解的是,如此的恩惠为何落到我的头上。

沉没的人们

不是每个人,都会有真正的衰老。
最适合衰老的,是回味身体上的美妙,
它曾充盈我们,同样的我们和不同的我们。
那是对镜梳理云鬓时,
无比的自豪。
是关注帽子是否与脸型搭配巧妙,
是用舌尖舔湿嘴唇,
是把唇膏抹上嘴角,
是对着镜子整理领带,面带百兽之王的神态。

大地之灵如何将我们捉弄!
如果个体是形式,而种群是物质,
似乎是邓斯·司各脱[1]认为的那样,
我们实现了种群所追求的东西,我们沉没在物质中,
有人会说,没到了耳朵。

后来,一座综合之城从海市蜃楼中拔地而起。
哥特式尖塔之间有燕子在飞翔。
窗里一位看到过很多城市的老人,
已经几乎得到解脱,笑意盈盈,
不打算回到任何地方。

---

1 邓斯·司各脱(Blessed John Duns Scotus,约 1265—1308),也译作司各特,苏格兰中世纪时期的经院哲学家、神学家、唯名论者。

极北蝰 [1]

我曾想祖露心声,
但从未获得成功。
我尝试进行忏悔,
却无法做到坦诚。
我不相信心理分析,
因为一定会谎话连篇。
我继续在内心暗藏一条蜷伏的罪恶之蛇。
这对我而言绝非抽象。
我站在亚述那 [2] 附近的拉乌东卡沼泽地,
蛇尾巴恰巧消失在
一棵矮松下的苔藓丛里,
当我扣动扳机,
霰弹枪中射出弹雨。
迄今我仍不知道,是否某一粒铅做的种子,
射入了那令人作呕的白肚皮,
或者射中了极北蝰背上的 Z 形花纹。
无论如何,比起心灵冒险,
这桩事更容易描绘。

---

1 欧洲中部常见的一种毒蛇。
2 立陶宛小城。

得克萨斯

我从得克萨斯归来,
在那里朗诵了诗篇。
为读诗付钱,没有哪里比美国更加慷慨。
我在签名旁写下了日期:二〇〇〇年。

衰老如黏稠的沥青,紧裹我的双腿。
思想,或者说意识,正在努力抗拒。
我能将它怎样?把它揭给谁看?
最好的策略就是沉默不语。

我认识了回忆假象的羞耻,
那是爱、恨、
等待和追求的假象。

我勉强能够相信,
成功地活了一生。

杂技演员

杂技演员,请展开你的器具。

山峦传来高亢的回声,能听到春日里湍流的轰鸣。

孩子们的眼前,初现大地的美景,
一如当年,初次在你面前发生。

杂技演员,你在建造一颗星辰,
它将巡游,沿着初生孩子们的天空。

当你离开舞台,不带一丝遗憾,
心里想的是度过这一生多么艰难。

而终于明白,我们的所获并非如我们所愿,
而放弃与执着,是两个至上的美德。

意识不会给人愉悦,因为那意识属于
在舞台上跌跌撞撞,渴望掌声的小丑。

你获得了并未渴望获得的知识,关于自己和他人,
你的内心充盈了赞叹与怜悯。

但愿那些要将事业延续下去的人,
在你结束的地方开始,被征服的绝望的大师!

赞美者、更新者和疗伤者心存感激,
为太阳曾经为你,且将继续为他人升起。

你们,被征服的人

你们,被征服和被驱逐的人,
年复一年,注视着白色府邸的照片
凝望着身着夏装的伙伴们聚集在门廊前,
请原谅我,一个来自良好家庭的优雅少年,
还在上学的时候已将你们背叛,
走上一条危机四伏,通往智慧天地的征途,
那里没有圣体节的幔帐在信众头顶上移动,
也没有花朵和叶片编成的花串
装饰教区教堂的内部。

月亮般的空寂、孤独与愤怒,
然而却是不可或缺的,
为了让我能够将我的省和你们,
提升到各自的平方数,
我的影子们,你们应我的召唤而来,
只是因为,我是个有缺陷的人,
脱离了父辈们的习俗,
被其他的信仰所折服。

标　本

标本不知道它们是标本。
它们在草地上高高飞舞，
一个头戴软木帽的先生，
为捉蝴蝶，拿着捕虫网来到草地上。

如何说服蝴蝶，说它是个标本？
噢，强大、凶残的统治者！伟大的王公[1]！
以利亚先知[2]！哈巴谷书[3]！
在知识的祭坛上，请收起自己的翅膀！

噢，巴泽丽萨[4]！麦克白夫人[5]！泰坦尼亚！勒诺拉[6]！
除了只做自己，也可成为
整个种群的代表！

在登记簿里，你们的生命将永恒，
与王国、纪念碑和神殿并列齐名，

还有那位在公元一九〇〇年
头戴软木帽，走在草地上的先生。

1　此处原文是 Maharaja，指古代印度各地的王公。
2　《旧约》中的先知之一。
3　希伯来的先知之一。
4　基督教早期殉道者之一，约在4世纪初与丈夫一同殉教。
5　莎士比亚戏剧《麦克白》中的人物，一个残忍、恶毒的女人。
6　女人名，与前面的人名一样，也是蝴蝶的名称。

一九〇〇年

从关于自己的思想中逃离,
这是深陷沮丧时最初的主意。
因此我往一九〇〇年迁移。

但是,该如何与死者们沟通?
我凝望着镜子,
注视镜子里的镜子形成的无尽长廊。
那里有一顶用苍鹭翎毛装饰的礼帽,
衣服上的褶皱,或是裸体的洁白在薄暮中隐现,
正在梳理长发的
马丽奥拉、斯特凡尼娅、利尔卡。

如果她们已经坠到时空之外,
她们应该在提贝里乌斯皇帝[1]那里,
或是一万两千年前野牛猎手们的生存之地。
是她们仍然很近,只是渐行渐远,
慢慢地,年复一年,
仿佛仍是我们不洁舞会上的舞伴。

---

[1] 古罗马皇帝,即尼禄。

显而易见

显而易见,我的话并非出于本心,
因为凡夫俗子也应受到尊重,
无论是在话语中,还是在纸面上,
都不能随便袒露我们共同的躯体之困的秘密。
那些动摇的人、脆弱的人、不自信的人
被安排了一项工作:
飞升到自己头顶上空两厘米
就可以对某个绝望的人说:
"我也曾同样为自己哭泣。"

自己的秘密

我所有那些倒霉的秘密
都会被一一审视。
直到某个人说:多么贫乏的一生
从那里向上攀登的小路是多么险峻!

如　果

如果我无法进入天堂
（因为对我来说天堂的门槛无疑太高），
我想在炼狱中的某个地方
得以从头脑的幻觉中解脱，
我记得它们对我的控制权，
虽然我对它们从未信任过。
在空空的街道上，站在她窗下忍受嫉妒的折磨。
这又是对完美爱情的召唤，
超越肉体的、近乎超凡脱俗的爱情。
笑还是哭？但是这些过度兴奋
和丧失理智的刺，深深扎在身体之中。
但愿我还能清楚看到，
不欺骗任何人，包括我自己，
且将良好的意图，如果有的话，
给我来做辩护。

III

被回避的区域

　　真实是个可怕的东西。对于每个人来说,都要看谁能坚持住它,谁能承受住它,谁能提升它。特别是任何人也不会向别人袒露自己的真实,不会让别人去接受它,不会让别人去了解超越对方力量的事物。

——齐格蒙特·梅切尔斯基《仿佛是日记》

这并非如此。
但是谁也不敢说出,到底是怎么回事,
而我已经足够老,足以记得,
我像其他人一样,重复那些政治正确的话语,
因为没有什么授权我
去解释那些对于人类心灵过于残酷的东西。

带着伤害

尽量减少伤害。我曾努力争取。
虽然此处我们的意愿无关宏旨。
只要将两个词连在一起,它们就开始奔跑,
揪扯,前往部落的仪式。
让我们为自己写作,为几个挚友,
只为让周末郊游更加有趣:
就是这样开始。后来就是旗帜、
呐喊、预言、保卫街垒。
我伟大的保护者做了很多坏事。
他最好留在自己那些歌谣,
或者十四行诗里。谁也没有对他说:
够了!停下吧。人们用良心对待他,
引领他,牵着他的手。
我们是为神话而生吗?
真的没有自己的生命?
在语言的天性里有怎样的魔性,
让人只能成为它的奴仆!
我也曾伤害,也许略少于他人。
乔装改扮,头戴面具,难以辨认,
含义复杂。这就是在每年节日朗诵会上
采取的措施聊以护身。

为雅罗斯瓦夫·伊瓦什凯维奇诗歌之夜选诗

当一个波兰浪漫主义者
坐到教皇的宝座上,为了证明,
诗歌的力量有时非常独特,
简单的任务不再简单,
我也感受到了责任在身。
那么该如何向人们展现你的诗,雅罗斯瓦夫,
他们相信或者渴望相信
历史的意义由天注定?
你的诗,虽然精妙绝伦,
却包含如此悲伤的内容,
会让崇拜者的健康受损。
很遗憾,这就是实情。
难道你没有感受到甜蜜的诱惑?
来自不存在和逃往虚无时的轻松?
假如甚至最终的真相是,
在我们种族的所有梦想中
只剩下虚无的一个巨大笑容,
而我们就分别是一些虚无,
就像无边的沙滩上一摊黏液,
即便如此,光荣仍属于勇敢者,
他们始终对能摧毁信仰的死亡
做出坚定的抗拒。
我从你的诗篇中,
选出最能让我辈的语言和家园

发出光彩的诗句。
因为你从你那乌克兰,
带来了鲜花盛开的草原色彩与气息,
爱琴海海面上略带咸味的微风,
和拜占庭黄昏时分的洁白与金黄。
你对美如饥似渴,赞叹不已,
倾听着白天的节奏、夜晚的节奏,
把自己变成一件乐器。
在你抑扬顿挫的诗句里,
我们听到深邃的音调,尽管有些许疑虑。
你向狄俄尼索斯的祈祷,
也不止一次回到我们的嘴里。

保罗二世八十寿辰颂

我们来到你面前,一些信仰脆弱的人,
让你以自己的一生为榜样,强化我们的内心,
让我们从对明天、明年的忧惧中解脱。
这是你的二十世纪,
以强大暴君的姓氏而著称
他们残暴的国家归于虚无。
你早知道将是这样的结局。你传播希望:
因为只有耶稣是历史之主。

外国人无法猜到,瓦多维采[1]神学院一个学生的身上
怎会隐藏如此的伟力。
诗人们不被进步和金钱所承认,
尽管他们与国王地位相齐,
他们的祈祷和预言等待着你,
让你替他们宣告 urbi et orbi[2],
说历史不是一场混沌,而是宽广的秩序。

当众神离去,牧人赋予我们的是,
城市上空的雾霭中,光芒闪耀的金牛犊。
无助的人群奔跑,用自己的孩子做祭品

---

[1] 波兰南部小城,教皇保罗二世的家乡。
[2] 拉丁文,致全城与全球,是教皇在特定时刻向罗马全城及全世界发布文告时的用语。

献给摩洛克神[1]血染的屏幕。
恐惧在空气中弥漫,难以言说的悲戚:
因为想信仰还不够,还要能够信仰。

突然,仿佛是召唤晨祷的纯净钟声响起,
你反对的标志像一个奇迹,
让人们反复在问:这如何可能?
来自不信仰天主的国家的年轻人
也对你充满敬意,
他们聚集在广场上,头挨着头,
等待着两千年前传来的新消息,
纷纷跪倒在教皇的脚边,
你用爱拥抱整个人类族群。

你和我们同在,而且自此永不分离。
当混乱的力量开始发声,
掌握真理的人们封闭在教堂里,
只有怀疑者保持忠诚,
在我们家中,你的画像时刻提醒我们,
一个人能做到什么,还有圣者该如何行动。

---

[1] 闪族文化中一个与火焰相关的神,是邪恶丑陋的恶魔。

我从珍妮·海尔施[1]那里学到了什么?

一、理性是上帝的伟大馈赠,应该相信它认识世界的能力。

二、那些对理性渐失信心的人,在列举理性取决于阶级斗争、性冲动和权力意志时,他们错了。

三、我们应该意识到,我们被封闭在自己认识的圈子里,然而不是为了把现实降低至梦境和我们头脑的幻象之中。

四、说真话是自由的证明,而谎言是奴役的标志。

五、对待存在的正确态度是尊重,因而应避免与那些借讽刺挖苦来贬低存在,同时又赞美虚无的人为伍。

六、尽管有人会说我们傲慢,但在思想世界里的确存在严格的等级界限。

七、二十世纪知识分子的陋习是"baratin"[2],即不

---

[1] 珍妮·海尔施(Jeanne Hersch, 1910—2000),波兰裔瑞士哲学家。
[2] 法文,花言巧语、高谈阔论。

负责任的喋喋不休。

八、在人类活动的等级中,艺术的地位高于哲学,但是坏的哲学可能会破坏艺术。

九、客观真理是存在的,即两个彼此矛盾的论断中,一个是真,一个是伪,除非一些特殊情况,即当保持矛盾是合理的。

十、无论宗教信仰的命运如何,我们都应持有一种"哲学信仰",即相信超验是我们人类的一个本质特征。

十一、时间只会排除和抹去那些对数百年来建造文明大厦毫无助益的手工和思想作品。

十二、在自己的生活中,不能因为我们的过错和罪恶而绝望,因为过去并不是封闭的,它会因为我们后来的行为而获得新的意义。

对　立

一面是世界,另一面是人和众神。

世界宁折不弯、铁面无私、冷酷无情。

这是块石头,你赤脚在上面跑,弄伤了大脚趾。

人与众神处于错误与原谅的不断运动之中。

他们温润的喉咙,说出诅咒和祝福的话语。

他们脆弱、善变,彼此期待对方的帮助。

人与神的爱,随时可能丧失。

他们的服装、面具和中筒靴都证明,他们不想停留在大自然的秩序之中。

无论凡人还是神圣,都高高凌驾于世界之上,居住在自己的世界里。

你们是人或者神,你们不要忘记,这个世界的日月星辰对你们怀有怎样的敬意。

兹杰霍夫斯基[1]

鸢尾花开,再次盛开。
当它们重开时,我的世纪就将终结。
清晨的薄雾笼罩大海。

通往花园的大门敞开
我在那里忙于忘怀。

但我不会忘记他,一位绝望的哲学家,
他甚至怀疑造物主之善。

我看到遍植白桦,铺满沙砾的大道,
在明斯克与维尔诺之间,路中央的车辙弯弯。

那时没有小汽车,也没有柏油路,
接客人时,人们总是套上马匹去火车站。

他可能在自家接待弗拉迪米尔·索洛维约夫[2],
为从他那儿听到天主教与东正教的和解之事。

---

1 兹杰霍夫斯基(Marian Zdziechowski,1861—1938),波兰思想史家、文学史家、语言学家、文学批评家,曾担任维尔纽斯(旧名斯蒂芬·巴托雷)大学校长。
2 弗拉迪米尔·索洛维约夫(Vladimir Solovyov,1853—1900),俄罗斯神学家、哲学家、诗人。

他们可能曾共同思考，宫廷池塘里的鸭子，
能否得到拯救，
苍蝇和蚂蚁是否包含在被救赎的范围。

是谁在大地上确立了
大凡活物皆受苦的法律？

  我一直珍藏他的一句话："随着岁月流逝，我在人生和世界上走得越远，便愈加清晰和痛苦地意识到，这个世界，当人们思考它，作为一个整体拥抱它时，就发现它是一个无秩序、无理智的存在，而不像人们教我们的那样，是理智的作品：它并非出自上帝之手。"

他沿着克拉科夫的街道去做讲座，
同行的是他的同代人：轻纱、天鹅绒、锦缎触碰女人们的身体，
那些身体如不对称艺术时尚中奇巧植物的枝干。
审视和召唤来自黑夜的内部。

在宇宙之战中，天使的宝剑寒光闪闪。
反叛王公发动攻击，光明的臣仆退缩一边。

残暴，像石头一般，
还能如何解释？虽然他，一个教授，
不能直说，他相信世界的妖魔性。

在他们的色彩与触觉的节日上，他孤身一人。

"没有上帝——用洪大声音叫喊的有自然,还有历史……但这声音湮灭在圣歌和赞美诗的和鸣之中,消失在这个伟大的、传承千载的、发自灵魂最深处的信仰里,即人的灵魂没有上帝,就像'土地失去了水源的滋润'。有上帝。只是上帝存在这一事实已经超越了被外部世界所占据的思想界限,这是一个奇迹。Le monde est irrationnel. Dieu est un miracle.[1]"

只有钟声,
只有圣体匣发出的光芒,
传布荣光的凡人之音,
在托钵修会和方济各会修士们那里
无数代人双脚磨损的地板保护着我们。
即便错觉用永生不死的信仰将我们连在一起,
我们,微尘,感激微尘的忠诚奇迹。

　　校长阁下,我来到你面前,一个年轻人,站在波赤布特塔旁的图书馆台阶上,那塔上描画着星座的符号。

　　在波兰轻骑兵从布尔什维克手里夺回的城市里,头脑清醒的你"在终结面前"等待。

　　人们常看到你乘着四轮马车经过,一对骏马的马蹄敲击着坑洼的石板路,你不太接受小汽车和电话。

---

[1] 世界是非理性的。上帝是个奇迹。——原注

城市渐渐陷落，连同舞蹈、盛开的丁香、稠李和河上的花环。

你死得正逢其时，你的朋友们一边点头一边窃窃私语："他真有福气！"

预言成真，迄今延续的一切都彻底沉沦，只有教堂的尖塔在深渊边兀立了片刻时分。

也许我像那个人，那个面对被送往劳改营的命运，无处藏身，最后躲进圣约翰教堂钟塔而得以幸存的人。

母鹿带着两只初生的小鹿，在屋前的草地上嬉戏。

校长阁下，这是灾祸与新生的难以遏制的延续。学习如何控制自己，我花费了很多时间。

我要比你机灵，我认识了我的世纪，假装自己了解怎样去忘却痛苦。[1]

---

[1] 文中引文皆出自《悲观主义、浪漫主义与基督教基础》，玛丽安·兹杰霍夫斯基著，1915年。——原注

反对菲利普·拉金[1]的诗歌

我带着绝望,学会了生活。
而这里来了一位不速之客,
用诗句列举绝望的理由。
我该感激吗?不太有感激的理由。
既然意识有各种不同的水平,
那个用死亡恐吓的人,
把我推向更低处。

我也记得,悲伤的拉金,
死亡不会放过每一个活着的人,
然而这不是个合适的题目,
无论对赞歌,还是对挽歌来说。

---

[1] 菲利普·拉金(Philip Larkin,1922—1985),英国诗人、小说家。

致诗人之死

语法的大门在他身后砰然关闭,
现在请到词典的小树林和原始森林里找他。

关于人的不平等

说我们只是暂时会说、会动、会渴望的一堆肉
此话并不属实。

沙滩上赤裸的人体如蚁群攒动,
地铁扶梯上拥挤的人群,这些都是错觉而已。

幸好我们不知道,旁边的是何许人,
可能是个英雄、圣徒或者天才。

因为人的平等是一场幻梦,
统计图表始终在蒙蔽人们。

坚信等级每天都在更新,
因为我自己就有崇拜的需求。

我在大地上行走,大地守候着受选的灰烬,
尽管也并不会比其他人的灰烬持续更久。

我承认自己的感激和赞叹之情,
因为没有理由对高贵的情感害羞。

但愿我足以与高贵者为伴,
与他们同行,持着君王长袍的衣摆。

亚历山大·瓦特[1]的领带

这条针织的领带，打成一个大结，
与深色衬衫和花呢西服
色彩搭配和谐，
让我心生赞美。

这真是一位优雅的先生，
留着黑色的短胡须。

有人向他介绍我，在马佐维耶茨卡大街，
在杰明斯卡大街和莫尔特考维奇书店再过去一点
（那是华沙唯一一家书店，
能买到我那本印数为三百册的《三个冬天》）。

谁相信了上帝护佑，一定会看到上帝之眼：
帕米尔的骑手，驰骋在玫瑰和紫罗兰之间。
伯克利本韦纽大街和床上的瓦特。
当他尝试掌控自己的命运时，他豪情无边。
而我带着录音机。一个外省来的年轻人
发现自己必须得提交证明。

---

[1] 亚历山大·瓦特（Aleksander Wat，1900—1967），波兰诗人、作家、文艺理论家。

的确,我们和帕兰多夫斯基夫妇共进了那顿晚餐
在一九五〇年那个可怕的除夕之夜。

可怜的小瓦特。
在哈萨克斯坦和塔吉克斯坦受尽了折磨。

尽管那条领带
在幽灵街道,华沙马佐维耶茨卡大街旁边。

致诗人罗伯特·洛维尔[1]

我没有权利这么说你,
罗伯特。大概是出于一个流亡者的妒忌
让我这样嘲笑你的沉沦
和恐惧的状态,
在诊所安全的环境里度过的假定假期。
不,这并非出于我寻常的傲慢。
我知道,妄想症偷偷潜入我的内心,
沿着一条细线进入最中间,
只是在等待我的许可,
好将我掠往那阴暗的家园。
我很敏感。就像一个跛足的人,
总是遮掩自己的缺陷,我走路时挺直身躯,
不让任何人猜出,里边到底发生着什么。
你不必。你什么都可以,
而我不可以,一个这片大陆上的逃亡者,
这里有那么多人无声无息地死去。
请原谅我的错误。
你抵抗疾病的意志毫无用处,
那疾病就像一个烙印。

---

[1] 罗伯特·洛维尔(Robert Lowell,1917—1977),美国诗人。

在我的愤怒之下，
隐藏着被贬低者的不可原谅的骄矜。
此刻，从这里，很晚了，我这封给你的信，
为了克服区隔我们二者的东西：
手势、习俗、错觉和俚语。

德加的蜡笔画

那个后背。沉入持续之中的色情之物,
双手插进棕红色的发辫,
如此浓密,梳成辫子,可以把头坠得下垂。
一条大腿,腿下是另一条腿的脚丫。
因为她坐着,敞开弯曲的双膝,
双肩的动作袒露一侧乳房的曲线。
这里,无疑,在已经过去的一个世纪和一年里。
如何触到她?
还有,怎么才能触到那个身穿黄色晨衣的女子?
她对镜凝视乌黑的睫毛,嘴里哼唱着歌曲。
第三个躺在床上,一边吸烟,
一边看时尚杂志。她的丝质衬衣,
丰硕圆润的洁白,映衬粉红的乳头。
画家的帽子挂在阁楼下,在长裙之间。
他喜欢坐在这里,聊天,画画。
我们人类的做爱,常带着酸涩的味道,
源于熟悉的触感,贪婪的嘴唇,
双胯的轮廓,和关于不朽灵魂的学问。
潮涨潮落。波浪,羊毛,维尔诺。
只有棕红色的头发,在深渊中闪烁。

西西里又或米兰达之岛[1]

下面这首诗,就起了这样一个题目,用了个虚拟的作者名托尔夸托·塔索。我精心誊写成手稿后,在安娜·伊娃什凯维卓娃女士一九四三年七月二十六日过命名日时献给她。该诗从未在我的任何诗集中出版。

托尔夸托·塔索[2]

蔚蓝色的大海上,一座白色的小岛浮现。
飞翔的鸟儿,看到岛上的橄榄树丛
还有一头小毛驴,驮着女仆阿尔忒弥斯,
沿着葡萄园中的小路往家赶。
她的女主人是米兰达。房子坐落在山丘上。
当骑着骡子的骑手们来到大门前,
把手掌拢在嘴边大声呼喊,喊了很长时间。
回声应答着回声:米兰达、米兰达。
葱绿的森林之上,是一个火山口,
光芒四射的太阳车,在天空滚滚前行。
米兰达在光芒中走下来。她的深色发辫,
垂在肉色的长裙上。

---

[1] 原文为拉丁文,*SICILIA SIVE INSULA MIRANDAE*。
[2] 托尔夸托·塔索(Torquato Tasso,1544—1595),文艺复兴时期意大利诗人。

这时客人们已经走上台阶,
她将他们领入房间,拍着手喊道:
"嗨,阿尔忒弥斯,
把葡萄酒拿来,是右边的那瓶。"
这时人们在雕花椅子上落座,
在她的注视下,那目光如苍茫暮色。

关于诗歌,源于赫贝特病故的电话

它不应存在
考虑到开始
胚胎和分娩
快速地成长
衰老和死亡
因为这一切
与它何干?

它不能居住在
心脏的斗室里,
肝脏的恶毒里,
肾脏的警句里,
以及依赖氧气生存的大脑里。

它不应存在,
但是它存在。
那个曾服侍它的人,
此刻躺在那里,
变成了等待分解成盐和磷酸盐、
坠入自己混沌之家的物体。

清晨,电话铃声不断。
各种材料制成的帽子:稻草、光滑织物和布料
在镜子前试了又试,
在出门去沙滩之前。
虚荣和欲望继续忙着自己的事。

灵魂从精神错乱的幻觉中,
从衰亡组织的叫喊中,
从被穿在尖柱上的折磨中解脱出来。

沿着世界旅行,
永远光明。

恶由何来[1]

> 恶由何来?
> 什么由何而来?
>
> 由人而来,
> 始终由人而来,
> 仅仅由人而来。
>
> ——塔德乌什·鲁热维奇

很遗憾,塔德乌什先生,
善的自然和恶的人类
这是浪漫主义的发明
假如是这样
那应该可以承受
您以这种方式
展现了自己的乐观
有多么深厚

只要允许人
毒杀自己的种群
纯洁的日出就会降临
照耀解放了的动物和植物种群

---

[1] 原文为拉丁文,*UNDE MALUM*。

在工厂的废墟上
长出橡树林
没人能够看见
被狼群撕碎的小鹿鲜血淋淋
也没有人能够证明
隼向野兔俯冲的情景

当见证人消失之时
恶也从世上消失

的确,塔德乌什先生,
恶(和善)都来自于人。

鲁热维奇

他严肃对待此事
严肃的凡夫俗子
从不跳舞

点燃两根粗壮的蜡烛
坐在镜前
被自己的脸逗得开心

对于形式的轻佻
他没有丝毫宽容
对人类信仰的可笑
他肯定想知道

他在黑土地中挖刨
他是铁锹和被铁锹弄伤的鼹鼠

IV

园　丁

　　所以我们所有人的身体,还有各种事情,都屈从于魔鬼。他就是我们客居的这个世界的主人和神明。因此我们吃的面包、我们喝的饮料、我们穿的衣服,甚至空气和所有我们赖以生存的一切都受制于他。

——马丁·路德《加拉太书注释》,第三章

亚当和夏娃被创造出来,
并非为向这片土地的王公和君主鞠躬。

另一片阳光明媚的土地,在时间之外延续。
赋予他们二人,共享永世幸福。

在这里照看树木的是一个花白胡子的园丁,
虽然世界并非如他所望一片光明。

他眺望昼夜和世纪,似乎通过望远镜,
眺望自己开端良好的整部作品。

因为认识的缺陷,需要转向
难以满足的灵魂和易受伤害的肉体。

他警告了他们,但他知道,这于事无补,
因为他们已经准备就绪,似乎身在旅途。

他隐身在树叶里,陷入冥想,愁眉紧锁,
他看到了火焰、桥梁、舰船和房舍。

飞机在夜空里闪烁着光亮。
悬挂着幔帐的床榻和战场。

哦,我可怜的孩子们,你们竟如此匆忙
要归于泥土,那里颅骨龇着的牙齿已发黄?

急于把臀胯封闭在内裤里、裙衬里,
急于要发现因果之间的联系?

我的敌人正在靠近,马上会告诉你们:
尝尝这个,你们就会变成神明。

自恋与罪恶的奴仆,
真的成了神明,只是要永远背负缺陷。

我不幸的孩子们,等到被毁的花园重新花开草长,
要走的路有多么漫长,

你们将沿着栎树大道回到门廊,
鼠尾草和百里香在花畦上散发芬芳。

一定要沉入深渊,沉到底,
宁愿去安排制度,而不愿居住在童话世界里?

童话世界有我始终如一的呵护,
因为《圣经》说的是真的,我有一张人的面孔。

一和多

这世界之王管理数字,
单一性由隐身的上帝掌管,
拯救之主和例外的肇事者,
从开始就居住在我的迷途。

一,与乘法表相悖。
它特立独行,不受总体的约束。
没有双手和双眼,却确定无疑。
没有被揭示,但每天兀自存在。

不要被它们吓住,无论是徒劳的数千年,
因死亡而幽暗的蜥蜴洞穴,
在腐烂的碎片里蚁聚的生命,
抑或遥远银河中无尽的星云。

因为在向恐怖和光荣作歌时
人声不会在尝试中止步。
所有东西对我们来说都是终极的、
陌生的和美丽的,虽然彼此矛盾。

酒鬼进入天堂之门

我将是怎样的人,你从一开始就知道。
每个生命自开始之刻,你就全都知晓。

意识到这些,一定是件很可怕的事,
当你同时知道
现在、将来和过去。

生命开始时,我信任别人、满怀幸福,
自信太阳每天都会为我升起,
清晨的花朵会为我开放。
我从早到晚在魅力无穷的花园里奔跑。

却浑然不知,你从基因书里选取我
来做一个全新的试验,
仿佛现有的证据还不足以证明,
所谓的自由意志
违背宿命时便无计可施。

我在你欣喜的注视下饱受煎熬,
就像一只毛虫,被活钉在黑刺李的刺上。
这世界的恐怖,慢慢在我面前展开。

我怎么能不从这恐怖逃入幻梦?
逃入酒精,之后牙齿不再颤抖,

压迫胸膛的灼热铁球逐渐熔化
可以想象,我还将像其他人一样生活?

直到我明白,自己只是迷失于希望与希望之间,
我问过你,无所不知的上帝,为什么要折磨我。
难道是像对约伯那样,在我身上做痛苦耐受试验,
直到我承认,自己的信仰本为虚幻
然后说:你和你的裁判都不存在,
大地上统御万物的皆是偶然?

你怎么能
对这同时发生的十亿倍的痛苦视而不见?

我想,如果人们因此不再相信你的存在,
那他们在你的眼中应该值得称赞。

但也许正是因为,你的怜悯广阔无边,所以降临世间
只为对凡人的感受亲身体验。

忍受为罪恶被钉上十字架的痛苦,但那是谁的罪恶?
此刻我向你祈祷,因为我不会不祈祷。

因为我的心追求你,虽然我知道,我的病你治不好。

就该如此,让那些受苦的人接着受苦,同时传扬你的美名。

仪　式

果真如此,白莱尼卡。不仅需要更多的平静,
还要对自己和他人有更多的宽容。

不要向人们要求这些优点,
他们并非是为此而生:
推理的和谐,
互不矛盾的信仰,
行为与信仰的一致性,还有自信。

他们看起来很透明,可以一眼洞穿,
而那里各种黑暗势力却彼此纠缠不清。
我现在想着耶日、阿塔奈兹和卡霞,
直到审判日,谁也不会讲起他们。

那里多么复杂!命运之路分道扬镳,
翻着跟头,跳到一边,
但在人类的记忆中,只留下一条。

话一说出口,就永远归属于他们,
即便他们不会承认。
甚至当他们想提交证明,
但也得不出任何结论,因为没人会相信。

因此,这样的我们在我们的教堂里下跪,
在那些装饰着叶形描金柱头的立柱
和优雅的天使们中间,天使细长的号角,
宣告着对我们来说过于重大的消息。

我们的注意力很短暂,白莱尼卡说。
我的思想归来,与弥撒相反,
回到镜子、床铺、电话和厨房,
它无法承载两千年前的耶路撒冷
和十字架上的血迹斑斑。

然而我们在滑翔,尽管身体承载着
各种浓汁的味道、来自小街的喊叫
肉铺里大块鲜肉的景象,
我们飞升到祭坛、教堂和城市上方,
环绕旋转的大地奔跑。

而他们,我们的兄弟,他们,白莱尼卡,
坐在旁边,同一条长椅上,他们的意识,
我的意识。这就是那个近乎爱情变化的秘密,
从"我"变成"我们"。

"你们是大地精华,你们是大地之光",
他这样说,并且召唤我们到他的荣耀里,

不屈从于任何人的世界法则的胜利者。

我知道,他召唤了——白莱尼卡说。
但那些怀疑者怎么办?他们是否在证明,
当他们出于对他名字的爱而保持沉默时?

也许我们将开始崇拜石头,
田野里的普通石头,它的存在本身,
我们将对它祈祷,却不张口?

人　们

他是自己那个小小民族的唯一诗人。
在他之前,那里没人会在纸上书写文字。

他记录了萨满们的咒语和关于初始的叙述:
关于最初的人们,诞生于花朵之中
他们长着翅膀,能为他们发光照明。
那时的天上,没有任何的光。

然后他们吃了某种根茎,懂得了罪恶
因而失去了翅膀,世界变得一片漆黑。
应他们之请,太阳和月亮被创造出来。

他思索,该把什么翻成自己的语言:
荷马、《圣经》、萨德侯爵还是里尔克?
或者只是作一首国歌
再想出一面旗帜,上面画着一只熊。

※

然而我在冥想语言的弱点。
我已是垂垂暮年,未说出的话将随我一起消散,
也许在那些话里,有早已死去的人们的家园。
而我做不到,

让他们只露出脸的椭圆轮廓、眉毛的形状、眼睛的颜色，
他们沿着消逝山谷在某处游荡，
几乎是分散在一望无际的人群里
不同世纪、不同语言、不同辈分的人群。

而你和他们在一起，克劳迪娜，你曾给我写过：

"你对我来说仿佛一个童心未泯的人（也许诗人终其一生都将如此），一个人们可以原谅所有缺点，尽管有各种毛病，但依然可爱的人。"

那个曾经的我，看到白桦林和林中的我们俩，还有邻家晚餐桌边的长凳。

差不多是在我们的婚宴上，但是后来编这些生活故事已经毫无意义。

我也呼唤你，洛克桑娜，虽然我也不想给传记作家提供任何素材。

先是听到叫名字就心跳不止，然后只是做了一回男人和女人，与千百年前降生的其他人别无二致。

在某个港口城市，你和我，我们在多年以后，本可以坐在一个酒吧里，回忆那些迷人的往事。

我会给你讲我理解的所有事，虽然它们寥寥无几。

关于让各种高贵的情感进入自己内心的无限能力。

关于自己的两段戴上情人面具的爱情。

我会讲述，我们如何违背初心，舍弃挚爱，让一个鲜活的生命注定死于寒冷。

而总是你，白莱尼卡。每当我说出你的真名，都会浑身颤抖。

我们像两艘在浓雾中彼此呼唤的船，你看不见我，我看不见你。

认清错误和罪责的悲剧，正降临于各种无名事件中间。

真的，年轻时我们并不相信，如此平庸的不幸会发生在我们这些高级智慧的身上。

很快我就要去与你们相会，在地下王国的平原上，而沉默的你，将出来与我相见。

这将是怎样的对话，两个逝去的人，我没有任何东西为自己辩护，除了我的作品中那些写满笔记的纸页。

但是我听到合唱，越来越强，发出鸣响，我加入其中，与众人一起歌唱。

那是我们这些有罪之人、男人和女人，在阳光下翻乐谱的人们的合唱，就像在大地上一样。

每当想到，我既不比很多人好，也不比很多人坏，我和其他人一道等待宽恕时，就感到一阵轻松。

那些没有声音的部族从四面八方涌来，无辜的青草缠绕墓碑。

在教区教堂

假如我不是这么脆弱,内心遭受挫折,
我不会去想他人——像我一样内心遭受挫折的人。
我不会去那座小丘,去探访教堂旁的墓地,
只为努力摆脱对自己的怜悯。
发疯的小佐霞们,
所有战斗都失败的卡基克们,
自虐的阿佳塔们
躺在刻有生卒年月的十字架下面。
还有谁会说到他们?他们的低语、啜泣、希望和屈辱的泪水?
他们自己在唾液里,在尿骚里,
在医院里忍受扭曲身体的羞耻。
很快就是永恒。不合时宜。有伤大雅。
像玩偶的小屋被车轮碾过,像大象踩踏金龟子,
像大海淹没小岛。
真的,我们所有人童年时代的愚蠢
都与终极事物的庄严极不相称。
人们没有时间从个体生命、principium individuationis[1] 中
去理解哪怕丁点儿东西。
我也不理解,但又能如何。

---

[1] 拉丁文,个体化原则。

一生都封闭在核桃壳里,
我想成为一个与众不同的人,但徒劳无功。

此刻我们这些教区成员下到地上。
希望末日审判的号角将呼叫我们的名字。
代替永恒的,是绿荫和云卷云舒,
千百个佐霞、卡塔日娜、巴尔特沃米伊、
马蕾霞、阿佳塔、布罗尼斯瓦夫前赴后继,
为了终于弄懂,
为什么是这样,干吗要这样。

祈 祷

年近九旬,仍然希望
我还能讲话,能吐露,能嗫嚅。

如果不是在众人面前,至少是在,
曾用蜂蜜和苦蒿喂养我的你面前。

我有些羞涩,因为我必须相信,你曾引领我、保护我,
仿佛我对你有什么殊勋。

我跟那些来自劳改营的人别无二致,他们把两根松枝捆成十字架,
躺在营房的木板床上,整夜对着它喃喃低语。

我提出了一个自私者的请求,你也勉强满足了我,
为了让我看到,这个请求多么不聪明。

但当我出于对他人的怜悯而祈求奇迹,
苍天和大地却像往常一样全都寂寂无声。

由于对你的信仰,我在道德上受到怀疑,
我曾赞叹不信仰者那质朴的坚韧。

在至尊面前我会是一个怎样的舞者，
如果我认定宗教有助于弱者，我该如何？

霍姆斯基神甫班里最不正常的一个，
那时我就一直注视着宿命的旋转漩涡。

现在你慢慢关闭我的五官感觉，
我是一个躺在黑暗中的垂垂老者。

我被献给曾如此折磨我的一切，
我一直向前奔跑，命笔赋诗无止无休。

请免除我的罪过吧，无论它们是真是假。
请确信，我曾为你的荣耀拼搏。

在我弥留之际，请让你的痛苦与我同在，
我知道你的痛苦是无法让世界免除伤痛。

恶　魔

忏悔的时刻已经临近。
真实就将揭开面纱,
你被欺骗的人生
将会大白于天下。
这肯定是苦涩的一刻,
每个人在这一刻都会垂首躬身,
羞耻燃烧,良心低泣,
当你出现在舞台中央,
面对冷漠的人群,
他们已厌倦于古老的悲剧。
我赞赏你的勇敢,
把它列入你的优点,
赞赏你宁愿坦诚忍受,
也不愿藏身在讥讽后边。
况且在垂暮之年
景象已经简化,
肥大的伪装已经消失,
你想赎罪,
迈出脚步,小腿却在打颤,
棺材使你毛骨悚然。

我们的约定行将结束。
你没有放弃追赶太阳的艰辛。
承诺的你都已实现,

可以说，你没有白活一生。
荣耀用舌头舔舐
你的所有作品，
奖项、掌声、尊敬
你欢迎，藏身在彬彬有礼之中
金锁链碰撞之声
应该加上灵魂。

——很遗憾，魔鬼先生们，
虽然你们抓到了我，
对于你们好处实在不多，
你们的灵魂不会得到满足。
形式总是羁绊着我，
游戏早已开始，
我是更好些，还是更坏些，
我的生命在游戏中终止，
带着我全部的勇气，
我不会赤身演出，
放弃节奏和韵律，
返回到最精华的一切。
我跑过昏暗的教堂，
未知的力量守护着我
在灰烬、回声和烟雾之中。
因为活着而受惩处的我，
带着记忆的缺陷，
把黑色加入诗篇。
但是我到底是谁，

任何写作也不会吐露真言。
你们是否要把干草叉
包裹进瞬息万变、飘忽不定的云,
并为此折磨千百年,
只因我是个残缺的人?

这很糟糕——你带着谦卑承认,
没有成为他们眼中的那种人。
每天都在隐藏失望,
从不洗掉丑恶的嘴脸,
而只是怀着希望,
人们不会把我们讥笑。
而你最害怕,
他们会看到你的内心。
看到的不是公正
而是那个疯狂的利己,
它有一件事不会改变:
就是为自己赋予意义。

——我似乎没有过任何潜意识。
我不知道,自己犯下更多精神还是肉体的过错?
我不太相信精神分析。
如果是一种进步,那我从中不会有何收获。
不过是恶魔折磨,令人恼火。
我用咒语保护自己,就像用祈祷一样。
我不做忏悔,而是在夜里寻章觅句。
我的智慧,皆因来自偏远之乡。

之　后

观点、确信、信仰、意见、肯定、原则、
常规和习惯,
都从我身上坠落。

被惊醒的我,裸身处在文明的边缘,
它让我觉得可笑和难以理解,

耶稣会学院的那些拱顶大厅,
我曾在那里负笈求学,
它们大概对我不会满意。

尽管我还保存了
几个拉丁语的警句。

河流继续流过橡树林和松树林。

我站在齐腰深的草丛里,
呼吸着黄色花朵充满野性的气息。

还有云。那里的云,
总是很多。

在涅里斯河畔 一九九九年

放射的光亮

放射的光亮,
上天纯洁的露珠,
请你们帮助每一个
感受大地的人。

尘世间万物的意义
藏在难以触及的帷幔之后。
只要活着,我们就在追逐,
无论是幸福,还是不幸的人。

我们知道,这奔跑终会结束。
被分开的还将重聚,
就像原本应该的那样:
灵魂和可怜的肉体。

晚　收

过了许久,久到我快九十岁,
我感到体内一扇门开启,我进入
清晨的明朗。

一个接一个,我此前的生命正在离开,
像一艘艘船,同他们的痛苦一道。

国家,城市,花园,海湾
在我的画笔下越来越近,
现在描绘起来比之前要清楚。

我没有和他人分离,
悲伤和遗憾联结了我们。
我们忘记了——我一直说——我们都是国王的孩子。

我们来自没有分别
是与否、现在、过去或将来的地方。
我们真可悲,只用了不到百分之一的
自旅程开始便受赐的天赋。

昨日和几个世纪前的片刻——
一挥剑，对着镜子画睫毛，
火枪的致命一击，帆船的
船舷撞向珊瑚礁——这些都和我们同在，
等待着成为现实。

我知道，一直知道，我会在葡萄园里工作，
和所有同时代的男人女人一样，
不论他们是否知道。

Czeslaw Milosz
New and Collected Poems 1931-2001

Copyright © 1988, 1991, 1995, 2001, Czeslaw Milosz Royalties Inc.
All rights reserved

图字：09-2013-104 号

图书在版编目（CIP）数据

但是还有书籍：米沃什诗歌：1981-2001 /（波）切斯瓦夫·米沃什著；杨德友，赵刚译. -- 上海：上海译文出版社，2024.11（2025.4 重印）.
ISBN 978-7-5327-9635-9

Ⅰ. I513.25
中国国家版本馆CIP数据核字第2024G91W60号

| 但是还有书籍：
米沃什诗歌
1981-2001 | **Czeslaw Milosz**
切斯瓦夫·米沃什 著
杨德友 赵刚 译 | 出版统筹 赵武平
责任编辑 陈飞雪
装帧设计/内文排版 柴昊洲 |

上海译文出版社有限公司出版、发行
网址：www.yiwen.com.cn
201101　上海市闵行区号景路 159 弄 B 座
上海市崇明县裕安印刷厂印刷

开本 787×960　1/32　印张 14.25　插页 2　字数 103,000
2024 年 11 月第 1 版　2025 年 4 月第 2 次印刷

ISBN 978-7-5327-9635-9
定价：78.00 元

本书中文简体字专有出版权归本社独家所有，非经本社同意不得转载、摘编或复制
如有质量问题，请与承印厂质量科联系。T：021-59404766